ÉDITION
DU MONDE ILLUSTRÉ

LÉO CLARETIE

Les Héros

de la

Yellowstone

1, QUAI VOLTAIRE

PARIS

DANS LA MÊME COLLECTION

À PARAÎTRE :

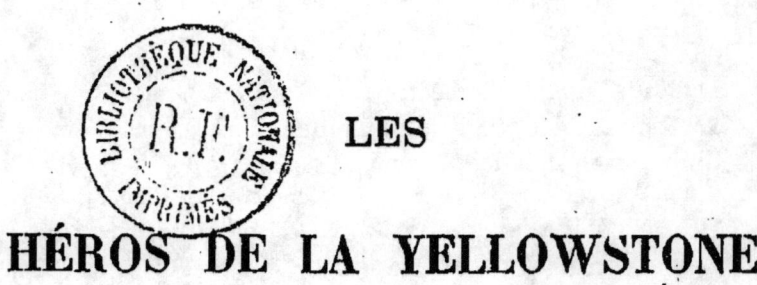

LES

HÉROS DE LA YELLOWSTONE

DU MÊME AUTEUR

CRITIQUE, HISTOIRE ET ÉDUCATION

Histoire de la Littérature Française (900-1900), 4 vol. in-8.

Sourires littéraires, 1 vol. in-12.

Florian, l'Homme et l'Écrivain, 1 vol. in-8.

Lesage romancier, 1 vol. in-8. Ouvrage couronné par l'Académie Française.

Lesage, l'Homme et l'Écrivain, 1 vol. in-8.

J.-J. Rousseau et ses amies, Préface d'Ernest Legouvé de l'Académie Française; 1 vol. in-12.

Histoire des Théâtres de Société, 1 vol. in-18, illustré.

Nos grands Écrivains racontés à nos petits Enfants, 1 vol. in-12.

Coins de Paris, 1 vol. in-4.

La Jeune Fille au XVIIIᵉ siècle, Ouvrage couronné par l'Académie Française.

L'Université Moderne, préface d'Octave Gréard, de l'Académie Française, 1 vol. in-folio.

Les Jouets, Histoire et Fabrication, 1 vol. in-4, illustré.

L'École des Dames, 1 vol. in-12.

VOYAGES ET ROMANS

Feuilles de route en Tunisie, 1 vol. in-12.

Feuilles de route aux États-Unis, 1 vol. in-12.

L'Oie du Capitole, 1 vol. in-4, illustré par Vimar.

Le Roman d'un Agrégé, 1 vol. in-18.

Marie Petit, roman d'aventures (1705), 1 vol. in-18.

Cadet la Perle, roman, 1 vol. in-12.

Léo CLARETIE

LES HÉROS
de la YELLOWSTONE

Roman

PARIS

ÉDITION DU " *MONDE ILLUSTRÉ* "

13, QUAI VOLTAIRE, 13

—

1908

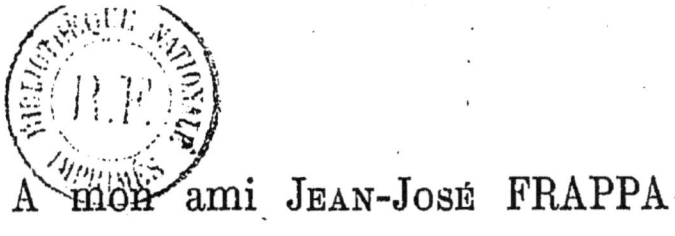

A mon ami Jean-José FRAPPA

en souvenir de son père

L. C.

I

Great Excitement

I

Great Excitement

Le 3 septembre 1870, il y avait grand excitement à Philadelphie.

Quand il y a grand excitement dans une ville des Etats-Unis, c'est qu'un événement grave va se passer, qui suspend pour une heure la vie politique. Dans un pays où le temps est monnaie, jugez si une heure est précieuse. On ne la sacrifie qu'aux motifs les plus considérables, et quand il s'agit d'attendre l'arrivée de télégrammes annonçant le vainqueur d'un match, boxe ou foot-ball, rowing ou racing, le lynchage d'un nègre ou le résultat d'élections présidentielles.

Ce soir-là, l'excitement était devant un haut building de dix-sept étages, une de ces maisons qu'on appelle des écorcheuses de nuages, et qui ressemblent à la Tour Saint-Jacques de Paris, très

élargie. Les centaines de fenêtres longues et étroites
étaient éclairées et faisaient songer aux hublots d'un
steamer dans la nuit.

En bas, une foule houleuse attendait, et regardait
un transparent de toile, qui devait s'éclairer et
projeter un nom, celui d'un élu, au-dessus de l'enseigne en lettres d'or :

GEOLOGICAL ACADEMY

Mêlons-nous à cette foule, l'oreille tendue.

— Pour qui pariez-vous ?

— Je prends Everts à six contre un.

— Pearl ! qui veut Pearl à égalité ?

— Everts ! Pearl ! Everts !

Dès l'abord, il était aisé de comprendre qu'un
match était engagé, avec deux favoris, Pearl et
Everts. Que représentaient ces noms ? Des gens ou
des bêtes ? Chevaux ou champions sportifs ? Quel
était l'enjeu ? Quel était le but ?

Traversons la foule, jouons des coudes à travers
ces gens en vestons, en chapeaux ronds ou en
chapeaux de paille, qui attendent avec la solennelle gravité des suisses aux portes des églises. Leur
attente est pour l'heure une faction, un devoir; ils
ont un ou plusieurs dollars engagés. Il faut être là,
pour savoir qui perd ou gagne, et combien.

En nous frayant un chemin, nous saisissons de
vagues lambeaux de phrases, qui commencent à fixer
nos idées :

— L'Enfer de Coulter... Palais de pierre gardés par des sentinelles de granit... Un déluge de feu... des volcans de chaux vive...

Quelque conte de fée ? Une mystification de Marck Twain ? Mais nous voici dans le building... Il y règne une vive agitation. La Geological Academy tient séance, et tous les bureaux fonctionnent ; les six ascenseurs qui entourent le hall central ne cessent de monter et de descendre des gentlemen ; des sténographes, des dactylographes, des télégraphistes vont, viennent, courent, se bousculent ; c'est une ruche, une fourmilière ; des centaines de messieurs en habit grouillent, forment des groupes, occupent de petits salons, ou font les cent pas dans le hall aux poutres de fer peintes en bleu ; des nègres circulent, armés d'un petit balai de vetyver, et de temps en temps, sans prévenir ni demander la permission, ils époussettent les épaules et les pans d'habit des messieurs, pour leur être agréables et les rendre plus beaux ; des négrillons en court dolman à boutons de cuivre passent des plateaux de cigarettes, et des boissons glacées qu'on hume avec une paille ; des habitués sont couchés dans de profonds fauteuils de cuir, les pieds sur le dossier des fauteuils voisins ; dans les angles des chapiteaux, sous les voussures, des ventilateurs rafraîchissent l'atmosphère, et des girandoles de lumière électrique noient d'une clarté éblouissante ce fourmillement, où il ne manque que les parures et les épaules des dames, pour donner l'aspect d'une fête mondaine.

Mais c'est une fête scientifique et austère.

Il y avait des académiciens jusque sur le toit, dans le *roof garden*, jardin aérien aménagé au faîte de l'édifice. C'était un tableau charmant : de larges allées sablées entouraient des massifs fleuris ; les rocking-chairs s'alignaient près des petites tables d'acajou chargées de rafraîchissements, et par delà la balustrade de bois sculpté, la vue s'étendait sur la ville et les alentours. Par cette belle soirée étoilée, la lune étalait sa clarté blanche sur les édifices et les jardins publics, et c'était un amusement, pour ces hommes si affairés dans le jour, de reconnaître au loin les différents points du site : le cimetière où repose Franklin, le lacet d'argent que fait la rivière Schuylkill, la vieille église *Gloria Dei*, le Temple Maçonnique avec sa haute tour triangulaire, les jardins du Pennsylvania Hospital, la belle masse de verdure que forme l'admirable et romantique Fairmount Park, le large pont de Girard Avenue, le New City Hall, et ce fameux Indépendance Hall où fut signé l'acte d'Indépendance des États-Unis, et où l'on montre la vieille cloche de la *Liberty*, la canne de Lafayette, les lunettes de Washington, et une poupée Pandore. Et c'était encore, çà et là, l'Athenaeum Library, le Jardin Zoologique, les églises Méthodistes, le Carpenters Hall, la Mercantile Library, le tombeau de William Penn, et l'animation des rues bien alignées, où s'entassaient les cars et les cabs, tandis que rayonnaient les façades illuminées des music-halls, où triomphent les lugubres gaîtés des Minstrels.

Le gong a sonné le signal de la séance; la salle en coupole s'emplit, le président Harrisson entouré de tout le bureau, agite la sonnette, et explique l'objet de la réunion. Il s'agit de nommer le chef de la mission qui ira explorer, dans les Montagnes Rocheuses, une terre inconnue et merveilleuse, désignée jusqu'alors sous le nom d'Enfer de Coulter.

— La parole est au trappeur Jim Bridger, annonça le président.

On vit monter à la tribune un homme petit, robuste, au teint basané, aux yeux clairs; le silence se fit aussitôt, et l'on écouta les choses étonnantes qu'il disait.

Il conta qu'il y avait dans la province du Wyoming une région étrange et inexplorée, ignorée encore du reste des hommes. Nul n'a pu y pénétrer par l'Est, à cause des monts et des glaciers. En 1805, Lewis et Clarke ont passé par là, mais sans entrer dans l'infernale vallée. Pour la première fois, un trappeur, Coulter, accompagné d'un ami nommé Potts, s'y aventura. Il fut attaqué par les Indiens. Potts fut tué. Coulter, blessé, parvint à s'échapper, et à rejoindre un poste de trappeurs sur la rivière Bighorn. Il accompagna la tribu des Bannocks, amie des Blancs, dans les montagnes, d'où il aperçut un immense lac, et il écouta les récits des vieillards, qu'il rapporta, vers 1810, à Saint-Louis. On le prit pour un fou. Il disait les merveilles des Terres

Maudites, sur lesquelles les Indiens n'osaient s'aventurer, parce qu'ils les croyaient habitées par les
Génies : là, d'après la tradition, on voyait des lacs
de poix en fusion, des vallées toutes fumantes, des
jets d'eau bouillante, des cathédrales d'or, des palais
peuplés par des géants de pierre. La légende populaire s'exerça longtemps sur ce thème de l'Enfer de
Coulter.

— J'y ai été moi-même, ajoutait Jim Bridger,
et si je ne suis pas devenu fou, c'est que ma raison
est solide.

Il dit ce qu'il avait vu : des rivières glacées qui
soudain deviennent bouillantes et fument; des montagnes de verre qui étincellent aux rayons du
soleil; des vallées silencieuses qui semblent tapissées
d'or et de rubis; des palais de marbre blanc, des
vallées où la buée des jets d'eau chaude fait planer
des nuages brûlants sur la région blanche et désolée.
Le pays est inhabité; dans certaines parties, les
forêts sont giboyeuses. Depuis longtemps, les
trappeurs canadiens de la baie d'Hudson y vont,
mais peu en reviennent, car ils sont presque tous
massacrés par la tribu voisine, les Pieds-Noirs. Il
fit le tableau de ce qu'il avait pu contrôler, et de
ce qu'il avait entendu dire : des villes de pierre
élancent vers le ciel leurs fines flèches et leurs
campaniles; des palais, des châteaux sont muets
et silencieux; tous les habitants ont été mués en
pierre à cause de leurs crimes, et ils sont demeurés
là, debout, immobiles pour l'éternité. Les portails

s'enfoncent dans des nappes de boue dorée, et sont ornés de gemmes précieuses; tout autour, une immense fournaise lance vers le ciel des flammes et des colonnes d'eau bouillante, avec un fracas infernal, et des démons gardent de colossales mines d'or.

L'attention, amusée seulement par le conte féérique, redoubla au mot magique de mines d'or.

Depuis 1860, des efforts furent faits pour approcher ces merveilles. Wayant, Lacey n'osèrent aller plus avant que la ceinture montagneuse. Huston s'aventura dans l'intérieur; il fut épouvanté par les premiers phénomènes qui lui apparurent, et s'enfuit, à demi-fou de terreur. Cook y alla en 1869, et publia à Chicago dans le *Lakeside Monthly* une relation qui passionna les esprits, et souleva dans le monde savant une émotion indescriptible. A travers les Etats-Unis, il ne fut question que de ces prodiges, embellis et horrifiés par l'imagination des foules. Des images circulèrent, représentant des scènes pleines d'une horreur grandiose. Des récits fantastiques parurent dans les journaux et les magazines. Ce fut une fièvre, allumée et excitée par l'appât de l'or.

Tel était l'état de la question, quand la Geological Academy de Philadelphie résolut d'envoyer une mission pour contrôler et reconnaître la part de vérité que contenaient ces légendes.

La réunion avait pour objet de nommer le savant à qui ce soin serait confié.

2

C'était un honneur fort recherché. Le chef d'une pareille expédition allait devenir l'homme le plus populaire et le plus fortuné de la République. Certes, il y avait des risques et des périls, mais en revanche, quelle gloire, quelle richesse, quel avenir !

Deux candidats étaient plus particulièrement en vue. L'un était le Dr. Archibald Pearl, connu pour son audace intrépide, ses travaux géographiques, et son courage dans ses rencontres avec les Peaux-Rouges, au cours de ses excursions. C'était un homme d'une trentaine d'années, de taille moyenne, figure longue et glabre, ravinée, sans autre idéal que la richesse, et sans autre scrupule que la crainte de ne pas réussir, capable de toutes les manœuvres pour servir ses desseins, caractère pratique et résolu. Il avait déjà parcouru le Far West, sans avoir jamais dirigé ses recherches dans le Wyoming. Il sentait en lui la résolution nécessaire pour mener à bonne fin une expédition aussi hasardeuse. Il avait ramené du Montana un Indien qui lui était dévoué corps et âme, un grand et solide gaillard nommé Folsom, dont la silhouette énergique amusa quelque temps la société de Philadelphie, et sur le dévouement duquel il pouvait entièrement compter.

Son concurrent était le célèbre Dr. Everts, plus âgé d'une vingtaine d'années, dont le nom inspirait le respect et l'admiration. Il avait une grosse fortune, était marié, père de deux ravissantes jeunes filles, et occupait dans la ville la plus importante situation, appuyée sur la science, le travail et l'honorabilité. La mission du Wyoming semblait devoir couronner la belle carrière du futur président de l'Academy. Il n'avait pas cinquante ans, il en paraissait à peine un peu plus de quarante. C'était un homme de grande taille, cheveux châtains, rayés de quelques fils blancs, la figure encadrée d'un collier de barbe, le regard doux et clair, profond et réfléchi. Sa notoriété était grande et ses travaux fort réputés. La sympathie et l'estime allaient vers lui. Il avait auprès de lui un état-major d'élèves, de jeunes savants qui devaient l'accompagner et le seconder, le Dr. Hayden, le colonel Norris, deux noms qui allaient devenir illustres dans l'histoire de la Yellowstone.

La lutte entre Pearl et Everts était, ce soir-là, celle de l'audace contre l'autorité. Ce fut celle-ci qui l'emporta. Des urnes du scrutin, le nom d'Everts sortit 210 fois, contre 105 voix données à Pearl.

Un hourrah formidable accueillit sur la place le nom de l'élu, affiché sur le transparent lumineux. L'Academy fut envahie par la foule enthousiaste; il fallut barricader les portes intérieures du hall, tandis que le président signait et remettait au missionnaire les papiers officiels qui lui permettraient de réquisitionner là-bas les troupes nécessaires. Les coupes de champagne circulèrent, et les toasts se succédèrent fort avant dans la nuit. Everts fut reconduit chez lui en triomphe, à dos d'hommes, torches en tête du cortège.

On chercha vainement Pearl : il avait disparu, et on sourit de cette mauvaise humeur du vaincu, qui se dérobait au spectacle de l'ovation faite à son heureux rival.

Si on eût suivi Pearl après le scrutin, on l'eût vu, dans le brouhaha de la séance, sortir par une porte latérale, suivi de Folsom, qui dissimulait des papiers dans sa veste.

Il héla un cab, et une fois chez lui, il dit d'une voix brève :

— Folsom, vite, les valises ! Il y a un train dans une heure ; nous partons ce soir même pour le Far West !

II

Soirée de Jeunesse

II

Soirée de Jeunesse

Le Dr. Everts habitait, dans Chestnut Street, un bel hôtel entouré d'un parc fleuri, qu'aucune barrière ne séparait de la rue, comme il est d'usage dans les cités américaines, où les grillages sont inconnus. C'était une construction récente, à la mode, avec le soubassement en grosses pierres polygonales, les portes et les fenêtres en cintres trapus, dans le style des édifices assyriens, tandis que les étages se dressaient en coquette silhouette, aux fenêtres encadrées de motifs Louis XV. Un large window de chêne surmontait l'entrée principale. Toute la façade illuminée, les cabs stationnant le long de la rue, les chevaux de selle attachés près des montoirs, annonçaient qu'il y avait bal et réception, tandis que le père assistait à la fameuse séance de la Geological Academy. La fête était donnée par ses deux filles, Annie et Elsy. En Amérique, quand les jeunes filles de la maison reçoivent, les parents ne sont pas de la fête. Le Dr. Everts était retenu à l'Academy, la mère était allée passer la soirée chez son amie Mme Hayden, la femme du collègue de son mari, que j'ai nommé plus haut.

La soirée était joyeuse. Il n'y avait que de la jeunesse, jeunes gens en smoking, misses en robes de bal. Ils étaient en tout une trentaine ; tous avaient dîné là, puis ce furent les danses, les chants, les enfantillages, le flirt.

Les jeunes invités étaient d'une gaieté folle qui ne dépassait pas les limites de l'honnête convenance. Ils chantaient, ils dansaient, sautaient, faisaient des cabrioles, des exercices de force, imitaient les Minstrels, quelques-uns sifflaient, avec accompagnement de piano, des romances à la mode. Des couples étaient assis à l'écart, et nul ne les dérangeait, car le flirt est considéré comme la plus respectable des institutions.

Quelques jeunes gens et jeunes filles arrivèrent en retard ; ils avaient d'abord passé la soirée à l'Opéra, où ils avaient retenu leur loge pour eux seuls. Le rôle des parents est singulièrement réduit dans ces éducations américaines. Des jeunes filles s'amusaient à préparer des boissons compliquées, des confiseries raffinées, puis on mettait la conversation sur un thème de littérature ou d'amour ; alors les jeunes gens s'exerçaient à porter à bras tendus un des groupes de bronze, à avaler d'un trait deux ou trois cocktails ; l'un jouait de la mandoline, un autre du banjo ; un groupe dansait un cake-walk de la Louisiane ; d'autres venaient s'organiser en tableaux vivants ; c'étaient des paris, des rires, des poursuites, des gageures.

Puis on joua quelques charades, après quoi une grande jeune fille, pareille à Diane chasseresse, charma l'auditoire en sonnant de la trompe avec un joli talent. En manière de parodie, un jeune homme souffla ensuite des airs incohérents dans une de ces longues trompettes en fer-blanc, peintes aux couleurs nationales, qui servent, le 31 décembre, aux foules de la rue, et assourdissent les passants de leur tohu-bohu carnavalesque. Les danses reprenaient, et les misses glissaient sur le parquet ciré, avec leurs grands pieds qu'elles chaussent par coquetterie de longs escarpins, pour ressembler à des étudiants par la solidité de leur base. Et les rires découvraient les dents émaillées d'or.

Les deux demoiselles Everts étaient charmantes. L'aînée, Annie, avait vingt ans. Elle était blonde, le teint clair et pur, les yeux bleus avec de grands cils, les sourcils à peine marqués, le visage ovale, la bouche petite, un pli de volonté dans la lèvre mince, le nez étroit et régulier, le corps fluet et souple. Le sourire était joli, avec une légère nuance de tristesse. Elle avait reçu une éducation fort complète, faisait de la musique, de la peinture, et lisait régulièrement les revues d'avant-garde de Paris, comme la *Revue Fantaisiste*.

Sa sœur Elsy était plus belle, avec sa taille déjà sculpturale, ses grands yeux noirs, sa chevelure d'ébène, son teint mat que relevait sa toilette vert clair, et son corsage orné de grosses fleurs rouges pareilles à celles des cheveux. Elle était moins curieuse de sciences, d'art ou de littérature, persuadée que sa beauté lui suffirait sur le chemin de la vie. Elle allait avoir dix-neuf ans, et raisonnait déjà avec plus de rigueur que nos femmes de vingt-cinq ans.

Leurs amies étaient ravissantes, et le coup d'œil était délicieux. La présence des parents dans nos bals et soirées, met auprès de la jeunesse un élément peut-être fâcheux; il est en tout cas une disparate; ils sont la maturité, l'expérience, la surveillance; leur rôle est ingrat, ce que nos jeunes gens expriment sans ménagement en appelant « l'asile de nuit » le salon où les mères somnolent en attendant la fin du cotillon. Là-bas, la jeunesse est avec elle-même, et ce qui serait peut-être imprudent chez des latins, n'offre pas d'inconvénient parmi des saxons et des protestants.

Une belle miss aux cheveux fauves interpella Annie :

— Et ton flirt? il ne viendra pas?

— Qui donc?

— Eh! le beau Dr. Pearl!

— Il n'est pas mon flirt. Il se contente ce soir d'être le rival de papa pour la mission au Far West.

D'autres misses s'étaient rapprochées, et les réflexions fusaient parmi les rires :

— Mais, Annie, il t'aime !

— Il t'a dédié son livre sur la faune des Bermudes !

— Je ne l'aime pas.

Cela fut dit d'une voix nette, décidée, avec un léger tremblement d'émotion. La belle miss fauve s'empressa, embrassa Annie, et lui dit :

— Pardonne-moi, ma chérie, je croyais que tu avais oublié.

— Je n'oublierai jamais, répondit-elle d'un ton ferme.

— Tu penses encore à lui ?

— Je penserai à lui toute ma vie.

Lui, c'était un jeune homme qui n'était pas là, qui était au loin, Gaston de Portneuf. Il appartenait à une famille française qui avait émigré au moment de la révocation de l'Edit de Nantes, et dont les descendants s'étaient fixés à Philadelphie, où il était devenu un jeune ingénieur d'avenir. Il avait connu Annie dans une de ces fêtes de collège qui réunissent les étudiants et les étudiantes ; ils s'étaient plu l'un à l'autre, et Gaston fut le flirt de la jeune fille. Celle-ci avait dans sa chambre son portrait en costume athlétique, deux de ses pipes nouées par une faveur, un aviron, souvenir d'une victoire de rowing. Gaston l'accompagnait l'hiver dans les parties de traîneau ou de patinage, l'été dans les promenades au parc et le long de la rivière.

Ils n'avaient jamais parlé d'amour, parce qu'ils sentaient que ce serait inutile. Ils lisaient au clair dans leurs yeux et dans leurs âmes; il y avait entre eux une affinité intime de goûts et d'aspirations; sans se le dire, ils s'étaient liés l'un à l'autre. Gaston était le plus expansif des deux, au contraire de la coutume américaine, qui laisse le jeune homme dans une timidité gauche et craintive devant la jeune fille toujours aisée, souriante et gaie. Mais Gaston avait du sang français dans les veines, et la galanterie de sa race le faisait très différent des autres, ce qui était un mérite de plus aux yeux d'Annie. Ils aimaient à causer longuement, lire des poésies, faire du sport. M. et M^{mo} Everts étaient aimables et accueillants pour lui, mais cela importait peu, car les parents tiennent une très petite place dans la famille américaine. Annie avait dans sa chambre le portrait de Gaston en athlète; elle n'avait pas celui de son père. Les parents représentent le passé, qui n'a plus ni intérêt ni attrait pour une jeunesse tout orientée vers l'avenir.

Le flirt avait, comme il est naturel, quelques nuages. Elle se plaisait à taquiner son ami, à feindre parfois de petites préférences qui l'irritaient. Il y a une Galatée dans toutes les femmes. Le savant Dr. Pearl l'ayant remarquée, et ayant fait des avances, Annie feignit de les accueillir, et Gaston en conçut un vif dépit. Aussi arriva-t-il un matin chez les Everts annoncer qu'il faisait ses adieux. La guerre venait d'être déclarée par la Prusse à la

France. Il se souvenait qu'il était de race française, et il allait là-bas s'engager pour faire son devoir.

La tristesse d'Annie fut si touchante que Portneuf ne put plus douter de la sincérité de ses sentiments. Il persista cependant dans sa résolution : l'absence éprouverait leur affection, et il lui semblait qu'il grandirait à ses yeux s'il revenait avec la satisfaction d'avoir bien combattu pour son pays. Il avait écrit déjà à Paris, il y eût eu une apparence de pusillanimité à se dédire. Annie, bravement cette fois, l'exhorta à ce qu'elle considérait comme un acte loyal et noble, supérieur à la mentalité utilitaire des autres jeunes gens.

M. de Portneuf, un mois après, se battait dans l'armée de la Loire, et Annie lui garda le plus fervent souvenir, anxieuse quand elle lisait les dépêches de la guerre dans les feuilles publiques, qui les publiaient avec ponctualité.

Le Dr. Pearl crut la place libre, et il lui parut tout naturel de ne pas la laisser inoccupée, la nature ayant horreur du vide. Annie n'attacha aucune importance à ses amabilités, qu'elle ne comprit pas. Elle avait une certaine estime pour les qualités d'énergie et les travaux du collègue de son père, et sa société ne lui déplaisait pas, à cause de l'intelligence élevée qu'elle trouvait en lui. Pearl put s'y méprendre, et sollicita la mission du Far West pour s'imposer par une éclatante victoire au choix de Mlle Everts. Ainsi, autour de celle-ci semblait flotter un air d'héroïsme, qui inspirait à ses amis le désir de se distinguer, l'un, par les armes, et l'autre par les pacifiques conquêtes de la science. De telles natures sont rares.

Annie quitta nerveusement ses amies, dont l'indiscrète enquête sur ses sentiments la gênait, et elle alla vers un groupe de jeunes gens pour leur faire honte de leur isolement et les inciter à la joie. A ce moment, la porte du fond s'ouvrit, et M. Everts apparut.

Annie et Elsy se précipitèrent vers leur père pour l'embrasser. Mais, dans l'assistance, ce fut une consternation stupéfaite devant ce scandale d'un père pénétrant dans une fête donnée par ses filles, et sans être invité. On chuchottait, on relevait l'inconvenance et l'inconséquence d'un tel procédé. Où le vénérable docteur avait-il pu prendre de si laides manières, bonnes tout au plus pour des familles du vieux continent? C'était inconcevable, cela « ne se faisait pas » ! On n'était plus chez soi ! Chacun à sa place ! Les vieux entre eux ! les jeunes ensemble !

Le docteur eut l'intuition de cette surprise, car il dit en entrant :

— Excusez-moi !

Il fallait un cas important pour légitimer une telle incorrection ; mais il ne pouvait aller se coucher sans prévenir ses filles que le lendemain, à onze heures, elles avaient à être prêtes avec sacs et bagages pour le départ, un voyage d'exploration vers le Far West qui durerait peut-être cinq ou six mois. Il semblait utile de ne pas prolonger trop avant dans la nuit une fête qui empièterait sur le temps nécessaire au repos et à la confection des malles. D'énergiques hourrahs accueillirent la nouvelle de la mission confiée à l'éminent géologue ; les coupes de thé, de champagne, de cocktails circulèrent à la santé d'Everts, et la fête prit fin, au moment où Mme Everts, une femme de quarante-cinq ans, petite, brunette, rentrait de chez son amie Mme Hayden, pour apprendre qu'elle avait à boucler ses sacs et à fermer la maison.

Quand les invités furent partis, la famille Everts au complet put se livrer à sa joie intime. Les jeunes filles étaient ravies de ce voyage, et Mme Everts s'associait à l'orgueil de son mari que ce raid allait mettre hors de pairs. Avec la promptitude et la décision chères aux Américaines, le départ fut décidé pour le lendemain même, et les domestiques passèrent la nuit à empiler les paquets dans les valises, à démeubler les pièces de leurs objets précieux, à fermer les rideaux, couvrir les tapis, étaler les housses.

La mère et les filles allèrent se reposer quelques heures. Everts veilla dans son bureau, classa ses papiers, écrivit des lettres, mit ses affaires en ordre, et envoya dès l'aube retenir des places de pullman-car pour les siens et pour ses amis qui partaient avec lui, M. et Mme Hayden, le colonel Norris. Vers le matin il s'assoupit dans son grand fauteuil de cuir, et il lui sembla que le mur de sa maison s'ouvrait sur des décors de merveilleuses fééries, où des déesses planaient dans des nuages d'or au-dessus de palais emperlés, de châteaux illuminés, de fournaises et de prairies fleuries, et des chevaliers de marbre, sur des chevaux de pierre, pressaient des trompettes d'airain contre leurs lèvres de granit.

———

III

En Route

III

En Route

————

La traversée de l'Amérique du Nord, de Philadelphie à Bozeman, dans les Montagnes Rocheuses,
fut un enchantement pour les demoiselles Everts,
qui n'avaient pas encore voyagé beaucoup.

A New-York, elles furent peu intéressées par une
ville à laquelle Philadelphie ne le cédait que par
le nombre des habitants.

Elles ne s'attardèrent pas à revoir le panorama,
qu'elles connaissaient, de la splendide rade, un des
plus grandioses spectacles qui soient au monde,
le quartier grouillant de la Batterie, le beau Central
Park, les avenues bordées d'hôtels luxueux, les
places animées, Madison Square, Union Square,
l'activité fébrile de la foule qui fait trépider
Broadway, les grands édifices de City Hall Park,
les demeures cossues que côtoient des terrains
vagues, les rues que surplombe le pont continu de

l'Elevated, les boutiques des Chinois, qui sont tous blanchisseurs, le quartier juif avec son théâtre hébreu, les pharmacies où l'on débite des boissons glacées, les Halles, le pont colossal de Brooklyn, les navires arrimés le long de l'Hudson, que sillonnent les ferry-boats. Elles firent quelques emplettes et repartirent aussitôt.

Elles étaient chaperonnées par leur mère et Mme Hayden. Les hommes, Everts, Hayden, Norris avaient fait un détour par Washington, la ville officielle et gouvernementale, où ils devaient prendre, en passant, des instructions et des papiers nécessaires à leur mission. On devait se retrouver au complet à Chicago, où un train spécial serait chauffé pour eux.

Les voyageuses admirèrent la beauté reposante des rives de l'Hudson, verdoyantes et piquées de villas, si belles et si pittoresques, que les pasteurs les citent en chaire comme une preuve de l'existence de Dieu. A Niagara Falls, elles descendirent au fond du ravin où le fleuve se précipite par sa double chute, qui l'agite de rapides infranchissables sur plusieurs kilomètres au delà ; elles montèrent sur le petit steamer qui se lance à toute vapeur contre le remous pour approcher de ces murailles liquides de près de cent mètres de haut ; l'énorme masse bat l'eau blanche du bassin avec un fracas de tonnerre, et il s'élève, au-dessus, des nuages épais d'embruns, comme si des centaines d'usines lançaient du creux de ce gouffre des colonnes de

fumée ouatée et vaporeuse; Annie et Elsy s'engagèrent sur le petit pont tremblant qui descend en
pente douce devant la chute américaine, jusque
sur le rebord inférieur, sous la bombure de la
cascade, et elles traversèrent, aveuglées par la
poudre d'eau et le courant d'air, cette *cave of the
winds* qui est le passage le plus infernal que l'imagination puisse rêver. Elles admirèrent ce spectacle
effrayant d'un fleuve immense se jetant d'un coup
dans le vide, pour s'écraser au bas de la gigantesque marche contre les flots remués et convulsés
par des siècles de bouleversement, tandis que les
buissons fleurissent dans le vacarme sur les petites
îles rocheuses que l'appel de la chute n'a pas encore
emportées de l'étage supérieur.

Annie surtout fut émue par ce spectacle majes-
tueux de puissance écrasante, qui laisse l'homme
effrayé par sa petitesse et sa faiblesse.

Puis, longeant le lac Erié, elles atteignirent le
lac Michigan, véritable mer intérieure dont
Chicago est le port, — Chicago, la ville la plus
saucissonnière du monde, qui leur déplut par la
laideur de ses rues boueuses.

Toute la troupe se retrouva là au complet; elle
ne s'attarda pas à la visite de ces étonnants *Union
stock yards,* où il semble que les cowboys de la
Prairie poussent chaque jour des milliers de têtes
de bétail, qui sont aussitôt abattues, dépecées et
mises en boîtes de conserves : immense champ de
carnage et de mort, où l'on glisse dans le sang, et

où l'instinct carnivore de l'humanité a trouvé son
plus épouvantable symbole.

A travers le Wisconsin, le train les emporta vers
Saint-Paul Minnéapolis, la ville charmante qui
étage ses cottages et ses jardins le long des coteaux,
au confluent du Mississipi et du Minnesota : et
toutes les lignes de chemins de fer s'y croisent en
traversant la large vallée sur de longs ponts de fer
enchevêtrés, dont l'ensemble rappelle les cordes d'un
luth et a reçu le nom de *Harper*.

Alors commença la traversée immense de la
Prairie, entre la vallée du Mississipi et les Rocky
Mountains.

Durant quatre jours, le convoi roule à travers une
plaine que bordent à l'horizon de lointaines montagnes. Le train semble une maison roulante
furieusement précipitée contre le vent et l'espace,
dans un fracas de ferrailles, de cloche qui tinte à
l'avant de la locomotive. La famille Everts, leurs
amis, leurs domestiques, étaient là comme dans
un campement provisoire et confortable, au toit
en carapace. A l'avant, la machine au tuyau bas,
bombé comme une toupie, crachait feux et flammes,
au-dessus du puissant chasse-pierres anguleux et
strié de barres, dominé par un fanal gros comme
une malle. Ici, plus de grandes villes, plus de
vastes gares, avec tous les railways qui entrent en
sonnant à toute volée dans un carillon de jour férié,
où se mêle la note aiguë du triangle appelant les
passengers au buffet. De loin en loin le train

stoppait pour un arrêt de quelques minutes. Alors les jeunes filles descendaient pour respirer l'air pur, par le vestibule aux rampes dorées et ciselées, et le nègre du car mettait un escabeau sous leurs pieds, pour éviter la dernière enjambée. Autour d'elles, s'étendait la plaine ; une baraque faite de troncs d'arbres couchés et superposés était à la fois la gare, l'épicerie, la mercerie ; à côté une autre construction .semblable portait une grande enseigne en lettres blanches sur fond vert : *Saloon*. C'était le cabaret des Cowboys et des mineurs ; cinq ou six cabanes composaient toute l'agglomération qui s'appelait Magnolia, Cristal Springs, Marmor, Pompéi ou Beaver Hill. Au loin, des troupeaux de bœufs et de cavales paissaient.

Les soirs étaient splendides. Le deuxième jour, le train traversa un orage. La prairie était brûlée et desséchée. Le soleil se coucha dans sa gloire, éclairant en dessous, de feux d'un rouge violent, de gros nuages beiges. Avec la nuit, une pluie torrentielle tomba, cinglant les poteaux télégraphiques qui écartelaient leurs bras comme des gibets. Les premiers éclairs dessinèrent de longues lignes brisées, comme dans les imageries religieuses qui figurent la ruine de Sodome. Ils faisaient un fond irradié d'or aux nues sombres. Le ciel parut embrasé, il tonnait de tous côtés ; il y avait deux, trois orages à la fois. A l'horizon, une bande lumineuse persistait, laissant entre les nuées et le sol un liséré pourpre. Parfois, l'éclair allait rejoindre

cette mince bande de lumière, qui alors s'élargissait,
comme si le gros nuage avait d'un bond découvert
l'éther radieux, puis retombait lourdement, écrasant
le liséré d'or. Le train filait dans la nuit noire. Des
points flamboyants indiquaient que la foudre avait
incendié là-bas une hutte, une meule ou une forêt.
Les Everts firent une partie de poker pour passer
la soirée. Annie dessinait. Elsy écrivait à ses amies.

Le train leur appartenait, et leur avait été
spécialement réservé. Il se composait de deux longs
wagons pareils à des dos de baleines. A l'intérieur,
on trouvait tout le confortable possible. Au bout, la
salle à manger avait un dressoir garni de vaisselle
d'étain. A côté, le fumoir était joliment meublé
d'acajou et de fauteuils en moleskine. Au salon, ils
avaient une bibliothèque, deux bureaux, des pape-
teries garnies de papier à lettres, au chiffre du
wagon, des fauteuils à bascule. Des toilettes de
porcelaine étaient commodément aménagées, avec
des fontaines *d'ice water*.

Annie et Elsy passaient la plus grande partie
de la journée sur la terrasse d'arrière, qui dans les
trains américains est fort heureusement aménagée.
Le fourgon des bagages est placé derrière le tender.
Le dernier wagon est réservé aux voyageurs. Aux
deux tiers de sa longueur, il est fermé par une
baie vitrée qui a la largeur du car tout entier.
Même s'il pleut, on regarde de là le paysage. Par
une petite porte, on peut sortir sur le large balcon
à balustrade dorée qui termine le train.

Aux stations, il montait des marchands qui demeuraient là jusqu'à l'arrêt suivant, et vendaient des journaux, des livres, des cigares, des fruits, des lorgnettes, des photographies du pays traversé. Tout le long du trajet, deux nègres étaient attentifs à ouvrir ou fermer les doubles vitres des fenêtres, les toiles métalliques quand les carreaux étaient baissés, les palettes de bois accrochées dans le sens de la marche, pour couper le vent et arrêter les paillettes, à épousseter les meubles et les gens.

Les distractions étaient rares. Elles se bornaient à regarder, à respirer quand on avait franchi à toute vapeur un pont très long et très rudimentaire, sur des traverses à jour, à changer les aiguilles des montres pour prendre *l'heure de la montagne*. Parfois aux arrêts, des cowboys venaient ranger leurs chevaux le long du wagon et faisaient la conversation par la fenêtre. Il y avait des gares qui étaient un ancien wagon enterré là jusqu'au dessus de l'essieu.

Annie notait en dessinant un curieux phénomène dû à l'immensité de l'espace libre. Les premiers plans fuyaient, tandis que l'horizon semblait ne pas bouger, tant le déplacement du train était infime auprès de ces éloignements infinis qu'on ne voyait pas décroître, et qui, par contraste, semblaient grandir. Il en résultait une amusante illusion, les premiers détails fuyaient à l'envers de la course du train, tandis que la toile de fond paraissait animée d'un mouvement qui la précipitait en avant et dans le sens de la marche du car.

Au parlor, Everts, Hayden, Norris, travaillaient sur des cartes étalées, et sur des livres qui ne leur livraient rien du secret de la Terre Inconnue. Chacun avait son rôle et sa mission. Le colonel Norris, un solide soldat d'une trentaine d'années, qui avait été plusieurs fois détaché dans les forts du Far West, se chargerait du Ministère de la Guerre, organiserait l'offensive et la défensive. Son calme impassible inspirait la confiance, et quand il plantait son monocle sur son visage glabre, on avait l'impression que son regard ferme étonnerait et ferait hésiter le chef indien le plus résolu. Hayden se préparait à écrire de sensationnels mémoires sur la géologie d'un pays volcanique, tel qu'il n'en est nulle part au monde. Everts dirigerait et coordonnerait la recherche en tous sens.

Les mamans, Mme Everts et Mme Hayden, amies d'enfance, encore jolies toutes deux sous leurs bandeaux noirs, occupaient le temps à causer et à broder.

Le troisième jour, Everts radieux parcourait à grands pas le couloir central du train, en se frottant les mains, et en disant :

— All right ! Nous approchons ! Le voyage se sera passé sans encombre !

Sa fille Annie répondit lentement, avec cette voix sentencieuse des Américaines qui s'attendent à tout :

— Père, il ne faut pas dire qu'une chose est bien quand elle n'est pas finie !

— Oui, oui, sage et prudente Annie ! Ne disons rien !

IV

Le Hangar à Neiges

IV

Le Hangar à Neiges

Or le soir même, le train stoppa devant quatre ou
cinq maisonnettes. Comme les voyageurs descendaient pour se promener un instant, ils virent un spectacle étrange et grandiose. Là-bas, plus loin, tout
le versant d'une montagne était en feu, mais c'était
la fin de l'incendie, la pente était couverte d'une
cuirasse rutilante que la brise faisait scintiller;
c'était un amas colossal de braises qui s'avivaient
par places, tout le paysage était incandescent. Dans
le haut, quelques arbres flambaient encore comme
des torches. Avec les lorgnettes, ils virent le sol
jonché d'épaves et de troncs, achevant leur combus-
tion sans flammes, avec des tons ignés d'un rouge vif,
tremblottant, comme une coulée de rubis tout le
long de l'immense plateau. L'aspect était fantastique, infernal : ce large champ incliné couvert de

ruines rouges et lumineuses, ces lueurs qui clignotaient, cette rosace de feu piquée sur la montagne, ces petits flocons de fumée blanche qui ouataient par places le sol calciné ; toute cette terre vêtue d'une tunique brochée de pierres précieuses aux mille reflets ; ce semis d'étincelles d'or et de pourpre, comparable à un colossal vitrail de cathédrale embrasé par les feux du couchant, faisaient un spectacle qui enthousiasmait l'âme artiste d'Annie.

Le chef du train s'approcha de M. Everts, et lui dit :

— C'est le hangar à neiges qui a brûlé !

— Mais il n'y a pas de neige, dit Mme Everts ; nous pouvons passer !

Non, on ne pouvait pas passer, car toutes les traverses de bois, sous les rails, avaient vraisemblablement pris feu, quand le hangar en flammes s'était effondré.

Sur les premiers contreforts des Montagnes-Rocheuses, il a fallu protéger la voie par de longs tunnels de bois, dont quelques-uns ont un kilomètre, et qui présentent aux avalanches un auvent, sorte de tremplin qui les rejette par-delà les rails pendant leur course.

— Voilà un fâcheux retard, dit le colonel Norris avec flegme.

— D'autant plus fâcheux, ajouta Hayden, que nos provisions sont épuisées ; nous devions les renouveler au poste de Sahara.

— Un joli nom pour un poste de ravitaillement, fit Annie en riant.

— Qu'allons-nous devenir? gémit Mme Hayden.

L'endroit où le train s'était arrêté s'appelait Jérusalem.

— C'est plutôt le Golgotha, observa Annie.

On s'informa. Dans les cinq maisonnettes, il n'y avait pas d'hommes. Tous étaient cowboys, et étaient partis avec les troupeaux. A côté, une cabane était en cendres. Sur le terrain noirci, dans un amas de poutres calcinées et de vaisselle cassée, près du poële renversé et d'un bidon de fer-blanc, au milieu d'objets informes pétris dans la fournaise, une jolie petite chatte noire dormait, fidèle à son foyer détruit, comme elle avait gardé la maison prospère. Annie la prit dans ses bras et demanda la permission de l'emporter.

Everts et Hayden observaient quel fléau terrible est le feu, dans ces régions où il n'y a même pas un seau d'eau pour le combattre : quand l'incendie se déclare, il faut se lever, partir et le laisser faire, qu'il s'agisse d'une cabane ou d'une montagne.

Ils surent par les indigènes que la forêt avait brûlé trois jours. Apparemment la chaleur avait desséché le bois, et les flammèches de la locomotive l'avaient embrasé.

En voyant le train stopper si longtemps, des cowboys accouraient de loin au galop de leurs chevaux et se mêlaient aux voyageurs. C'était un groupe pittoresque, au milieu de l'immense plaine, ces cava-

liers vêtus de cuir fauve, coiffés d'un feutre à larges
bords, la ceinture cartouchière à la taille, bottés,
fusils en bandoulière. Ils étaient là cinq ou six, et
chacun donnait son avis. Alors arriva à bride abattue
un Peau-Rouge, le dos hérissé d'une arête de plumes, les cheveux noirs en bandeaux, drapé dans des
oripeaux colorés, le col et les poignets garnis de
coquillages et d'amulettes. Les cowboys le saluèrent :
« Voilà Serpent-Noir! » Le nouveau venu n'avait
aucun air féroce. Il portait une petite corbeille d'où
il tira des objets en cuir découpé, assoupli, bordé de
galon et brodé en perles de verroterie multicolore.
Il venait aux rares passages des trains vendre ces
produits de son pacifique labeur, en mâchonnant
du tabac de Virginie à la réglisse. Il intéressa vivement nos voyageurs par la pureté de son type de
race vaguement mongolienne. Il savait un peu l'anglais, ou plutôt le yankee, et put se mêler à l'entretien, qui était sur la montagne en feu et le retard
causé par ce sinistre. Serpent-Noir écoutait. Il
entendit l'explication des flammèches de la locomotive incendiant le bois sec. Il leva le doigt et dit :

— Non!

On le pressa de questions. Il regardait autour de
lui avec défiance et crainte, se contentant de sen-
tences vagues :

— Il est commode d'imputer à la nature les
crimes des hommes, la nature ne se défend pas.

Il devenait clair que cet Indien savait quelque
chose. L'argent délia sa langue. Il raconta alors

qu'ayant à se rendre à Judith Ranch, il avait pris le train à la mode indienne, quatre jours auparavant. Cette mode est économique. L'Indien se cache sous les roues; quand il arrive au lieu de sa destination, loin des gares, il rampe, s'étend de son long sur le marchepied, s'enroule complètement dans son grand manteau et se laisse tomber de côté, raide et inerte, sur le sol; il se relève un peu étourdi, et continue à pied son voyage, qui ne lui coûte qu'une forte secousse.

Comme Serpent-Noir, descendu de la sorte, traversait la forêt coutumière, il aperçut le train qui stoppait, beaucoup plus bas, sur la voie qui descendait en lacet vers la vallée. La machine prenait de l'eau à un grand réservoir aménagé à la sortie du premier hangar à neige. Deux voyageurs, pendant cet arrêt, se promenaient; ils allèrent jusqu'à l'entrée du tunnel de bois, et là, malgré les protestations de l'autre qui voulait l'empêcher, l'un des deux alluma une poignée d'herbes jaunes qui flamba aussitôt. Son compagnon semblait repousser ce moyen ou cette facétie, car ils luttèrent presque l'un contre l'autre. Mais le train repartit, ils se précipitèrent pour remonter dans le parlor. Et la flamme solitaire grandit dans le silence.

Everts indigné s'écria :

— Il y a partout des misérables!

Hayden était outré :

— Quelque jeune imbécile qui a voulu faire un bon tour!

4

— C'est un criminel!

— Et voilà son œuvre!

Du doigt, Everts montrait le versant scintillant comme sous une jonglerie de rubis. Le soir tombait, et le vent faisait passer des ondulations ignées, des coulées de feu, sur la carapace rouge de la montagne, déjà noircie et éteinte par plaques.

Il fallait parer au plus pressé. Le chef de train emmena, sur la locomotive seule, le chauffeur, le mécanicien et trois cowboys. On trouverait des traverses de rechange près des hangars à neige, car la voie est garnie de loin en loin par des tas de poutres à cet effet, ainsi que par des cuves d'eau. En une douzaine d'heures, on pourrait déblayer et noyer la voie, replacer provisoirement des traverses, et passer à toute vapeur, au moins une fois.

Ceux qui restaient à Jérusalem commençaient à sentir l'approche du dîner. La cambuse était vide. Une des masures, aux murs faits de troncs superposés, portait l'enseigne *Saloon*. C'était le cabaret des cowboys. On n'y trouva que du gin, quelques savons, des pelotes de ficelle et du tabac à mâcher. La cabaretière avait bien cinq bœufs, mais ils étaient dans la montagne. On envoya un boy prévenir le père qui les gardait. Celui-ci arriva une heure après sur son cheval. C'était un petit homme âgé, sec, nerveux, botté, avec une barbiche grise et un large feutre sur sa chevelure tombante, la figure ravinée, les pommettes luisantes, une chemise molle et sale, fusil au dos, la ceinture garnie d'armes. Le prix fut fait, et on lui acheta un bœuf qu'il se mit en devoir de tuer et de dépecer pour le diner.

Il poussa le troupeau des cinq bêtes dans un enclos, car un seul bœuf eût refusé de se séparer des autres. Ces pauvres animaux connaissaient sans doute la cérémonie, car à peine la barrière refermée, ils se massèrent, peureux dans un coin, pareils aux condamnés de la Conciergerie qui n'avaient de doute que sur l'ordre dans lequel ils seraient tués. Le cowboy épaula son fusil, et au coup de feu tous les bœufs gagnèrent en courant un autre coin, sauf un beau bœuf blanc marqué de roux, qui demeura immobile, hébété, et un filet de sang coulait de son épaule. Il restait là sans bouger, inquiet, comme demandant pourquoi on le frappait, résigné et doux. L'Indien s'approcha et enfonça un poignard dans le cou, puis, se reculant, il tira une seconde balle. Le bœuf ne tombait pas, et son œil demeurait clair. Ce massacre était poignant. Les dames se sauvèrent, non sans invectiver ce stupide égorgeur que cette colère sembla fort surprendre. Dans sa simplicité de brute, il ne comprenait pas qu'un bœuf pût inspirer de la pitié. Norris l'écarta rudement, et s'approchant de la victime, lui tira un coup de revolver dans l'oreille. Le bœuf tomba. Le cowboy, impassible, ouvrit la barrière, par où les quatre survivants se hâtèrent de quitter l'enclos de mort. Un d'eux pourtant, le plus fidèle ami du mourant, son vieux camarade sans doute, se retira plus lentement et vint flairer le moribond, comme pour lui demander pour-

quoi il ne venait pas lui aussi; il lécha le filet de
sang, et s'en alla en beuglant de pitié et de peur.

Le blessé gisait sur l'herbe. En voyant ses compagnons partir, son œil eut un éclair. Par un
suprême effort, le pauvre bœuf se raidit et se dressa
sur ses quatre jambes arcboutées et toutes tremblantes. Il voulait, lui aussi, rejoindre ses amis, la
prairie où il allait paître chaque jour l'herbe fine et
les fleurs savoureuses, au son des clochettes du cheval
monté par son maître, qui aujourd'hui le torturait
sans motif. Pourquoi cette barbarie? pourquoi cette
mare de son sang sous ses pieds? pourquoi cette lour-
deur qui enchaînait ses muscles et le clouait au sol?
Il ne comprenait pas, il y avait une douceur triste
et étonnée dans ce regard voilé qui suivait comme
dans un nuage ses compagnons déjà lointains et
oublieux, aussi égoïstes que des hommes. Pourquoi
était-il là tout seul? Il souffrait autant de ses habitudes contrariées que de ses blessures. A présent,
il était retombé, les yeux noyés et vagues : un frémissement courut le long de son corps, un dernier
sursaut le secoua et le raidit dans la mort, devant le
cowboy demeuré seul, car les spectateurs s'étaient
écartés de cette laide boucherie.

Le repas fut servi fort tard, dans le wagon, dont
il fallut allumer les poêles, tant la nuit était fraîche.
On évita de parler du pauvre bœuf, quand le filet
rôti fut servi. Hayden anima la soirée de sa belle
humeur; les dames s'étendirent, enroulées dans des
couvertures, sur les couchettes pullmann. Les

hommes veillèrent au dehors, et leurs cigares piquaient la nuit de points rouges. A l'horizon, la montagne embrasée mettait une lueur de volcan dans les lointaines ténèbres. Tout s'était éteint dans les masures. La nuit était claire. Près des wagons, le disque blanc de l'excentrique se détachait sur la voie noire. Dans le petit poste télégraphique les appareils faisaient leur déclenchement, et annonçaient que des équipes d'ouvriers seraient envoyées le lende-main, de Billings. Un petit ruisseau continuait son murmure dans le grand silence, que troublait parfois le vol d'une orfraie ou l'aboiement lointain d'un loup. Les deux wagons abandonnés affectaient l'é-trange silhouette d'un cétacé, d'une tarasque puis-samment musclée. Les maisonnettes en troncs de bouleaux, avec leur fronton carré en planches, étaient si régulières et si semblables, qu'on eût dit des silhouettes découpées pour des projections. Les domestiques de la mission s'étaient assis sur le trottoir de planches qui longe la rangée des cabanes, et au delà duquel c'était le sable, friable et poudreux. A droite et à gauche s'allongeait la double réglure des rails, mince fil métallique qui reliait ce point perdu au reste de la terre.

Puis, tout dormit. A l'aube, avec un fracas de ferrailles, de vapeur, de cloches, d'étincelles, la loco-motive revint. A présent on pouvait tenter de tra-verser cet enfer, là-bas ; il fallait se hâter avant que les traverses neuves, desséchées par la chaleur am-biante, ne prissent feu à leur tour.

La machine fut attelée, et devant les cowboys matinaux le train repartit. Il suivit la rampe qui montait vers la forêt dans la clarté douteuse de l'aube et se précipita vers le brasier lointain, — Sigurd d'acier emporté vers l'incandescent palais des Walkures.

L'abri à neige s'était effondré, éparpillé, émietté en braises; tout autour, des arbres calcinés tendaient vers le ciel leur tronc dépouillé et noirci. La voie déblayée faisait un chemin noir à travers le versant qui grésillait jusqu'à la cime, fantasmagorie rayonnante de ruines rouges et lumineuses. Des troncs entiers restaient debout, vêtus de pourpre irradiée et frémissante.

Comme une énorme salamandre, le train filait à toute vitesse sur les traverses à peine fixées, en soulevant des nuées d'étincelles qui lui faisaient un nimbe radieux. En quelques minutes, la zone dangereuse fut franchie, et le mécanicien stoppa près du réservoir d'eau pour remplir la chaudière.

Un hourrah triomphant fit retentir la solitude; c'étaient nos voyageurs qui célébraient leur salut en posant le pied de l'autre côté de la fournaise.

L'aurore mettait au ciel des teintes laiteuses et gris de lin, qui, en se dégradant, devenaient de plus en plus tendres, jusqu'au bleu pâle fondu dans des nappes rosées. A mesure que le soleil montait, tandis que le ravin restait encore dans les ténèbres, l'air semblait baigné d'une poussière d'or ténue, vibrante, éclatante, et les rayons rasant le faîte s'éta-

laient au-dessus du vallon en une gerbe, au sommet
d'une invisible auréole, jusqu'au moment où la
lumière se déversa à flots, comme par-dessus un barrage, inondant d'éther flamboyant les forêts pou-
droyantes.

Annie était épanouie de joie au milieu de toutes
ces péripéties. Elle portait dans ses bras la petite
chatte qu'elle avait recueillie sur les ruines de Jérusalem. Elle la déposa près du réservoir pour qu'elle
se désaltérât aux gouttes qui tombaient. La petite
bête se mit à gambader et, d'un bond, fut près des
fourrés. Annie la crut perdue, quand un instant plus
tard elle la reconnut au ruban rose qu'elle avait
noué autour de son cou. Elle était là-bas, derrière
le train, occupée à grignoter une proie. Elle ne se
sauva pas à l'approche d'Annie, qui voulut la faire
jouer avec l'objet qui l'occupait. Elle fut surprise
de voir que c'était un petit porte-cartes en peau de
morse. Elle l'ouvrit ; l'intérieur contenait des cartes
de visite au nom et à l'adresse du Dr. Pearl, de
Philadelphie, son flirt. Elle crut rêver, et courut,
avec sa chatte dans les bras, apporter aux siens son
étrange trouvaille.

Il y eut conférence et assemblée générale dans le
parlor, pour expliquer cette mystérieuse et inexpli-
cable affaire. Comment le portefeuille de Pearl, qui
était à Philadelphie, se trouvait-il ici ?

Les opinions se croisaient :

— Il a dû le perdre à un précédent voyage !

— Mais cet objet n'a pas fait un long séjour en plein air, il n'est pas détérioré !

— Allons! c'est Annie qui avait dans sa poche ce souvenir d'un flirt, et elle l'a laissé tomber tout à l'heure!

Annie jura qu'elle n'avait pas cet objet sur elle. Plus les explications se multipliaient, et plus la confusion augmentait.

Hayden disait :

— Voyons! Pearl est bien à Philadelphie !

— Il était présent à la séance de l'Académie!

— Vous l'avez revu le lendemain?

On constata alors que personne ne l'avait revu. On l'avait cru parti à sa campagne pour y passer sa mauvaise humeur de candidat vaincu.

— Mais alors, Pearl est ici!

Norris réfléchissait; soudain, il ajusta son monocle et étendit la main.

— C'est clair. Vous n'avez pas oublié le récit du peau-rouge, Serpent-Noir, hier? Pearl est parti avant nous, et il est passé ici depuis quatre jours déjà. Il est accompagné de son fidèle Folsom, cet Indien qu'il a ramené du Montana et que tout Philadelphie connaît. C'est Folsom qui a mis le feu là, malgré Pearl qui a lutté pour l'en empêcher, Serpent-Noir nous l'a dit. Dans un brusque mouvement, le carnet est tombé, et sans doute la Providence l'a posé ici pour que nous le trouvions. Soyons désormais sur nos gardes.

Annie les rassurait :

— Puisqu'il m'aime, il ne voudrait pas nous faire de mal.

— Eh! dit Norris, mademoiselle, quand l'ambition et l'amour sont en conflit, celui-ci n'est pas toujours le plus fort.

Hayden ajouta :

— Le plus terrible, c'est ce sauvage de Folsom. Il aura toutes les ruses des Apaches.

Mmes Everts et Hayden se sentaient mal à l'aise devant ce mystère qui planait autour d'eux.

Mais Everts joyeux ripostait :

— Allons ! en avant ! Pearl veut m'enlever l'affaire? C'est de bonne guerre! Chacun pour soi, et à deux de jeu!

Annie caressa sa petite chatte, et lui dit tout bas :

— Petit félin, moins traître que les hommes, ton nom est tout trouvé, tu t'appelleras Pearl!

V

Le Fort Ellis

V

Le Fort Ellis

Sur les bords de la rivière Yellowstone, au confluent de l'Elk Creek, le fort Ellis défendait une position stratégique importante, entre la tribu soumise et amie, les Bannock, et les tribus des Pieds-Noirs et des Nez-Percés, encore indépendantes et hostiles aux blancs.

C'était un poste perdu, établi là pour protéger les mineurs et les trappeurs, et pour contenir les Indiens que le dédale gigantesque des Montagnes Rocheuses, avait soustraits à l'extermination. Le détachement se composait de cinquante hommes commandés par le colonel Washburn. Quatre baraquements en troncs de bouleaux superposés encadraient la cour du fort, isolé par des fossés et des talus, et protégé par huit mitrailleuses, deux sur chaque face. Le bâtiment du fond était le logement des officiers;

les hommes occupaient les ailes latérales : dans le baraquement d'avant étaient le corps de garde, l'arsenal et la salle du rapport. Deux factionnaires faisaient sentinelle au pont d'entrée, — des solives jetées sur deux longues poutres, sans parapets.

Deux sous-lieutenants, un lieutenant et un capitaine formaient l'état-major du colonel Washburn, et se partageaient les tâches diverses du camp. Les journées étaient longues, car les incidents étaient rares. Les Pieds-Noirs ne se hasardaient pas de ce côté. Parfois, il passait un trappeur canadien qui apportait les nouvelles du monde civilisé. Tous les mois, un convoi allait chercher les approvisionnements aux villes lointaines de Bozeman et de Logan. Les passe-temps ordinaires étaient les exercices de tir, la chasse, les raids à cheval, le jeu, le tabac. L'été précédent, Washburn avait reconnu et délimité une grande montagne de 4,000 mètres, qui porte aujourd'hui son nom, aux sources de l'Antelope Creek.

Les hivers étaient terribles. Des tourmentes de neige rendaient tout déplacement impossible. Le poste était consigné durant de longs mois dans les chambrées chauffées par le gros poêle, où pétillait le bois des forêts environnantes. Souvent, la rafale ou la neige, cassait le fil télégraphique qui mettait cet avant-poste en relation avec les forts plus considérables de la frontière du Montana, le fort Assiniboine, sur la Milk river, le fort Maginnis, près d'Utica, ou la grosse forteresse Benton.

C'était alors l'isolement absolu, comme dans un phare au large.

Ce matin-là, les hommes faisaient la lessive dans la cour, les fusils étaient en faisceaux. Soudain, retentit le cri de la sentinelle : Qui vive? et le clairon du corps de garde sonna : Garde à vous !

Ce fut un vif mouvement de curiosité, car l'apparition d'êtres humains dans ces parages était rare. Les officiers montèrent sur la plate-forme du toit, et avec les lorgnettes, distinguèrent un groupe de quatre cavaliers : trois Indiens et un blanc ; un mulet portait les bagages.

Au son du clairon, la petite troupe s'arrêta, et l'homme blanc s'avança seul. Il entra dans le fort sans escorte. Il se présenta au colonel Washburn, qui salua le Dr. Pearl.

Celui-ci lui expliqua comment la Geological Academy de Philadelphie l'avait investi de la mission de reconnaître et d'explorer le Wyoming, en particulier dans la région inconnue des Terres Mauvaises.

— Ah ! fit le colonel, la mission Everts? Je suis en effet prévenu télégraphiquement.

Pearl se doutait de ce contretemps. Il y para aussitôt, en disant qu'il s'agissait en effet de la mission Everts, dont il avait été détaché en avant-garde pour préparer les voies. Il présenta une série de lettres, écrites sur papier à en-tête. Le colonel lui fit l'accueil le plus chaleureux, et mit à sa disposition l'escorte de six hommes qui était demandée sur le passeport, en lui offrant l'hospitalité jusqu'au lendemain.

Le soir, le dîner fut cordial et animé. Après le repas, le colonel fit apporter les cartes et plans dont il disposait. Il montra l'espace occupé par la Terre Inconnue, vaste quadrilatère qui s'étend du 110º degré de longitude ouest du méridien de Washington, au 45º degré de latitude nord, environ 90 kilomètres de l'est à l'ouest sur 110 kilomètres du nord au sud.

— On n'y va guère, ajouta-t-il. Les Indiens n'osent y pénétrer; pour eux, c'est le royaume des Mauvais Génies. Quant aux blancs, la plupart de ceux qui y sont entrés se sont égarés, sont morts, ou ont été assassinés à leur retour. Votre mission est difficile et dangereuse, vous irez à travers un pays inexploré qui doit assurément tenter des savants tels que vous. Au point de vue géographique, c'est le plus admirable point de partage des eaux. Vous verrez là les sources du Missouri et de ses tributaires qui vont vers le golfe du Mexique, de la rivière du Serpent qui se jette dans le Pacifique, de la rivière Verte qui va vers le golfe de Californie. Ses altitudes, autant que j'en ai pu juger par moi-même, sont considérables. Au point de vue géologique, les récits des Indiens et des trappeurs en font supposer d'étonnantes merveilles. Ce que je puis vous en dire c'est que, de ce côté-ci, l'accès est impraticable. Nous sommes séparés des Terres Mauvaises par une haute barrière montagneuse de plus de 3.000 mètres, et je ne connais pas de passes entre les énormes pics que vous apercevez : pic des Bisons, mont Long-fellow, cône des Pélicans, pic Saddle, les Aiguilles ou The Thunderer. Il vous faudra descendre la Yellowstone river jusqu'à son confluent avec la Gardiner, que vous remonterez pour pénétrer dans le Lieu Maudit, par la vallée qu'enserrent le mont Sépulcre et le pic des Brebis.

— Pourquoi ne pas suivre le cours de la Yellowstone? demanda Pearl qui notait soigneusement tous ces détails.

— Oui, on le peut aussi, mais je ne sais si le passage est bon.

Pearl combina son plan. Il se hâterait d'entrer par la vallée de la Gardiner. Quant au reste de la mission Everts, il pria le colonel de la diriger vers la vallée de la Yellowstone, se réservant de la faire surveiller par ses Indiens et de l'égarer au besoin.

— Mais vous risquez de ne pas vous rencontrer, observa le colonel un peu étonné.

Pearl répondit que leur groupe était scindé en deux, précisément pour pouvoir explorer une partie plus large du territoire, et qu'en recommandant à Everts de ne pas s'écarter du cours de la Yellowstone, il le retrouverait dès qu'il serait utile, puisque cette rivière sortait d'un grand lac déjà signalé et marqué vers le Sud. Le rendez-vous serait au débouché de ce cours d'eau. Wahsburn se déclara prêt à le servir, et le lendemain, Pearl joyeux, emmenait sa petite troupe vers l'entrée du Pays Merveilleux.

Dès le premier jour, les plus étonnants spectacles
s'offrirent à son admiration. Le silence et la solitude
le protégèrent, et il ne fit aucune mauvaise rencontre.
La vallée de la Gardiner était large, ensoleillée,
splendide. A un tournant, elle était barrée par cette
admirable montagne qui depuis a reçu le nom de
Mammoth Springs, colossal escalier de marbre et
d'or. Le versant a 2.000 mètres de haut; il est crevé
par une multitude de sources dont les eaux, depuis
des siècles, ont déposé des silicates et des carbonates
qui lui font une cuirasse d'albâtre et de jaspe, d'une
architecture admirablement régulière, par terrasses
superposées. De loin, Pearl vit d'abord l'immense
revêtement blanc qui recouvre tout le côté de la
montagne comme un glacier neigeux. Les Indiens
se prosternèrent en tremblant, comme devant le
Temple du Génie. Il leur ordonna de demeurer là
pour l'attendre, et il partit avec Folsom. A mesure
qu'il approchait, il distinguait les multiples paliers,
dont chaque étage est creusé de vasques colorées,
pleines d'une eau claire et fumante. Le sol
artificiel était mou et perfide, lubréfié par le trop-
plein des sources qui continuent leurs éternels
dépôts. Il fallait marcher prudemment le long des
margelles de cette rampe féérique. Chacune des
vasques est encadrée d'un bord ciselé en festons et
dentelures de teintes ravissantes. De l'eau bleue
dort dans les coupelles blanches veinées de rose.
On dirait des patènes émaillées de tons crème, et
couronnées de perles diaphanes. A mesure que

Pearl montait, il constatait que les vasques se faisaient moins larges, plus profondes, et les margelles plus hautes, le sol plus mou, avec une apparence de pâte fondue et qui coule. En haut, entre quelques arbustes que cette lèpre éblouissante ne tardera pas à étouffer, des rigoles suintaient amorçant de nouvelles plaques d'orfèvrerie, que crevaient parfois des crevasses fumantes, et sur lesquelles surnageaient des écailles encore jeunes, minces comme des feuilles de mica.

Tout ce côté du mont était ainsi ouvragé par le merveilleux orfèvre qu'est la nature. C'était une cuirasse niellée, sertie d'incrustations rouges, jaunes, bleues ; et le versant s'étalait en s'évasant vers le bas en une série régulière de bassins d'eau colorée par les fantaisies polychromes de ses bords dentelés.

Pearl prenait des notes, plongeait sa main dans l'eau, détachait des morceaux de « formations » qu'il chargeait Folsom de garder, et celui-ci lui disait de ses dents blanches :

— Le maître n'a pas perdu sa journée.

— En avant ! dit Pearl. Par ici, nous ne rencontrerons plus d'importuns.

La troupe se remit en route, et campa à la fin de la journée au pied d'une montagne à pic, formant une muraille d'un aspect surprenant. On l'a appelée depuis Golden Gate (Barrière d'Or), et elle termine de ce côté le pic Bunsen. Elle était toute tapissée d'une mousse fine, délicate, dentelée, d'une merveilleuse teinte dorée, comme si on eût jeté là une immense et soyeuse étoffe, qui retomberait sur la montagne avec des reflets moirés et lustrés.

Le lendemain, ils quittèrent les bords de la rivière, qui remontait vers le Nord. Ils suivirent une petite vallée arrosée par un joli ruisseau qui brusquement s'arrêtait, s'étalait, s'engourdissait, arrêté par un obstacle. C'étaient des castors qui avaient rongé et abattu les arbres, pour cimenter avec leur queue un barrage, forçant ainsi la rivière à faire, pour leur usage, un joli lac artificiel encadré de buissons fleuris. Sur les bords, des empreintes de griffes constataient qu'il venait là des panthères et des hyènes, dont c'était l'abreuvoir.

Des grues, des oies sauvages, des martins-pêcheurs, des orfraies logeaient dans les joncs et la verdure. Au centre du lac émergeaient les huttes des castors.

Folsom montra la montagne qui fermait d'un côté cette délicieuse vallée, et dit :

— Obsidian ! pour pointes de flèches !

C'était une montagne d'obsidienne, jet colossal de matière vitrifiée qui s'était soudain solidifiée à l'air, et demeurait là, dressée en flèche, en pointes, en colonnes de cristal noir. Le soleil faisait sur cette paroi miroitante des jeux aveuglants de lumière. Le sol était de verre, et chaque pas faisait craquer des brisures. Pearl chargea Folsom d'un choix de ces fragments vitreux qui l'intéressèrent fort, car l'obsidienne est rare, et on n'en connaît guère plus, depuis l'antiquité où Pline l'Ancien conte que des artistes patients savaient tailler et ciseler celle qu'ils faisaient venir d'Ethiopie, pour la monter en bijoux et en miroirs.

— Encore un bien beau mémoire à écrire, dit Pearl, et il ajouta :

— Mais il ne faut pas qu'Everts vienne ici !

Ayant laissé Indiens et soldats au camp, il gravit avec Folsom les flancs d'une montagne, du haut de laquelle il put s'orienter et reconnaître le chemin parcouru. Là-bas, c'était la vallée de la Yellowstone river. Pearl résolut de camper près des Obsidian Cliffs durant quelques jours, pour rédiger ses notes et étudier les phénomènes qu'il avait déjà découverts. Il dit à Folsom :

— Pendant ce temps, occupe-toi d'Everts. Je t'attendrai ici.

— Sois tranquille, maître, dit l'Indien en enfourchant son petit cheval nerveux, une des meilleures bêtes de cette race que les Indiens appellent *Cayuses*, aussi sûres qu'infatigables.

VI

Tower Falls

VI

Tower Falls

Au pied des monts qui s'appellent aujourd'hui « Specimen Ridge », la rivière Tower se jette dans la rivière Yellowstone par une chute d'aspect romantique. D'épaisses broussailles encombrent les approches. Cette région n'étant pas comprise dans l'itinéraire classique de la visite au National Park telle qu'elle se fait aujourd'hui, a gardé tout son caractère sauvage. Il faut briser les branches, grimper aux arbres, ramper sous les hautes racines, se frayer un chemin dans la forêt vierge, pour approcher du bord. La cascade mugit dans la demi-obscurité des voûtes de feuillage. Le sol s'avance en corniches rocheuses au-dessus du vide, où des arbres ont poussé de biais. De là, on aperçoit la rivière qui arrive en nappe unie à l'entrée du col rocailleux, puis se précipite en bombure d'acier, et tombe avec fracas dans le ravin pour continuer sa course. On dirait un secteur d'une gigantesque roue de cristal, qu'un rais de soleil, filtré à travers les branches, strie parfois d'un arc-en-ciel.

Le sommet de la chute est encadré et resserré par deux grands rochers hauts et étroits, en forme de tours. Derrière, d'autres rochers effilés dressent des campaniles et font comme un portail de cathédrale au-devant de la nef sombre des arbres pressés.

A côté, s'élargit une jolie clairière tout émaillée de fleurs roses, bordée de petits arbres odorants au feuillage d'un vert pâle et tendre.

Ce matin-là, des voix humaines firent retentir ce coin perdu qui ne connaissait peut-être que le grognement des chacals. Une gaie société campait sur l'herbe épaisse. C'était la mission Everts, escortée des soldats du fort Ellis, et augmentée du colonel Wahsburn.

Dès l'arrivée d'Everts au fort Ellis, la supercherie de Pearl fut dévoilée. Elle s'ajoutait au crime de l'incendie du hangar à neiges. Le colonel Wahsburn fut outré d'avoir été joué. Il commanda vingt hommes, et fit battre la vallée de la Gardiner. Mais on ne trouva rien, car Pearl l'avait quittée au tournant qu'elle fait au Nord des Obsidian Cliffs.

Wahsburn fut d'avis de suivre la Yellowstone, persuadé que Pearl bouclerait de ce côté son périple. Il était ravi de cette occasion d'explorer une contrée dont il ne connaissait que la montagne baptisée depuis de son nom. Il prit un détachement, laissa le commandement du fort à son capitaine, et partit à

la recherche de ses hommes qu'il avait si imprudem-
ment confiés à un faussaire. Il retrouvait dans le
colonel Norris un ancien camarade, qu'il accompagna avec joie. Avec tant de soldats et d'officiers,
les dames et les jeunes filles se déclarèrent tout à
fait rassurées.

Aussi bien que Pearl, Everts eut de grandes joies
dès l'entrée sur les Terres Maudites. Durant la première journée, ils virent des rivières si pures et si
joliment colorées, qu'ils les portèrent sur leur carte
avec les noms qu'elles ont encore : Agate Creek,
Amethyst Creek, Jasper Creek, Chalcedony Creek.

Autour d'un mont violacé — ils le dénommèrent
Amethyst Mountain — des ruisseaux s'épandaient
avec des couleurs du plus riche écrin, et semblaient
rouler des calcédoines, du jaspe, des agates. Mais la
plus étonnante merveille les attendait, et ce fut la
Forêt Pétrifiée.

Au delà d'un marais où grouillaient les serpents,
et où les empreintes de la rive humide constataient
que c'était l'abreuvoir ordinaire des elques, des antilopes, des hyènes, des buffles, des panthères, des
ours et des loups, le terrain s'élevait en pente vers un
plateau supérieur. La caravane allait passer outre,
quand Hayden s'écria :

— Mais voyez donc !

— Quoi?

— Toute une forêt brisée jonche le coteau.

Everts ajusta son binocle, et Norris consolida son
monocle sur sa figure glabre. Ceci paraissait curieux.

Une forêt était là, réduite en morceaux. Tous les
arbres semblaient avoir été coupés à un mètre de la
terre. D'innombrables fragments de bois couvraient
le sol. Hayden poussa son cheval en avant, mit pied
à terre, et ramassa deux souches de bois qu'il choqua
l'une contre l'autre ; alors, comme fou, il s'écria :

— Merveille des merveilles ! ! ! hurrah ! ...

Tous s'avancèrent, et ramassèrent des branches.
A leur extrême surprise, elles avaient l'apparence du
bois et elles étaient de pierre !

Everts et Hayden étaient dans une allégresse toute
géologique. C'était donc là un des mystères de la
Terre Maudite ! Ils avaient sous les yeux le fonde-
ment véritable des légendes, l'origine réelle des
fables des Indiens, quand ils racontaient avoir vu
des palais gardés par des statues de pierre et des
oiseaux de marbre nichés sur des arbres de granit.
C'était en partie vrai, et l'imagination populaire
avait seulement enjolivé, en brodant, un phénomène
physique !

Hayden évoquait avec enthousiasme le passé
lointain de ce coin du globe, la forêt vigoureuse qui
couvrait de ses rameaux verts tout ce large coteau ;
puis un jour le sous-sol envahi par des infiltrations
calcaires, les racines continuant à puiser dans ce
courant leur perfide aliment, — de la pierre liquéfiée.
Avec la sève, celle-ci montait, pénétrait les
tiges, les brindilles, les vaisseaux ; peu à peu, les
fibrilles ligneuses devenaient pierreuses, et ce lent

travail ayant duré des siècles, fit d'un arbre vivant un squelette de pierre.

Alors la forêt ne put rester debout, sous le poids devenu trop lourd. Les brindilles se cassèrent, chaque arbre oscilla sous le faix de ses branches marmoréennes. Le règne minéral faisait cette étonnante intrusion dans le règne végétal, dont il élimina tout, sauf l'apparence. A présent, les débris de la lourde forêt gisent à terre. Seuls, les troncs sont restés debout, en basses colonnades, comme les fûts d'un temple antique.

A distance, et pour l'œil, c'est une forêt brisée. Les morceaux de bois ont l'aspect ligneux, l'écorce, les fibres, les stries, les échardes, les nodosités, les rides, les trous des vers ; mais au toucher, ils sont froids comme marbres, lourds, et au choc ils sonnent comme du silex et donnent des étincelles.

Hayden s'exaltait en faisant le tableau de ces scènes préhistoriques, la ruine de cette forêt minérale, le fracas des branches, les lueurs jaillissant des heurts de cet orage de pierres, le roulement, le grondement de cette chute pareille à celle d'une colossale cité de marbre, effondrée dans une secousse du sol, les éclairs qui illuminèrent la montagne au frottement de toutes ces masses pesantes ; si quelque être humain vit ce spectacle, ne dut-il pas en mourir de frayeur?

Comme la momie dans ses bandelettes, l'âme des dryades est ici, enserrée et étouffée sous la pierre de son tombeau, figée dans son éternelle et résistante immobilité.

Tous étaient ravis, et auguraient bien d'un pays dont l'entrée était si merveilleuse. Les dames se plaisaient à polir de menus morceaux de bois pétrifié, qui prenaient la teinte et l'éclat de l'agate ; et la coquette Elsy entreprit de se faire un long collier. Les domestiques étaient ébaubis, surtout le valet de chambre-cuisinier et la femme de chambre, Tich et Dana, un bon ménage nègre que les Everts avaient depuis fort longtemps à leur service, et qui leur était dévoué corps et âme. Avec leurs têtes rondes et crépues, leurs gros yeux un peu sanguinolents, leurs lèvres épaisses et leurs dents blanches, vêtus de toiles voyantes, pieds nus, Tich et Dana étaient les types de ces bons serviteurs de la Floride, qui finissent par être de la famille comme les *Vernes* antiques. Ils avaient élevé les filles de M. Everts, ils se seraient sacrifiés pour elles ; ils les amusaient par leurs danses nationales, le cake-walk, au son du banjo, et se faisaient pardonner leur extrême gourmandise et leurs mensonges routiniers par leur infatigable docilité. Tich frotta avec assiduité des pierres d'agate pour le collier de Mlle Elsy.

Le surlendemain de leur arrivée, Everts quitta le campement à cheval pour aller contrôler et préciser quelques observations dans la Forêt Pétrifiée. Hayden travaillait dans sa tente au rapport. Norris et Wahsburn inspectaient les vingt hommes de l'escorte, les porteurs indiens et le parc des Cayuses, qui sont, nous l'avons vu, les petits chevaux de la région. Ils recommandèrent à Everts :

— N'allez pas trop loin ! Emmenez quelqu'un avec vous!

— Oh! fit Everts avec calme, je vais à deux pas; j'ai mon revolver, à la moindre alerte vous m'entendriez tirer, et vous aurez le temps d'arriver.

— Soyons prudents, conclut Wahsburn.

Everts arriva au coteau des arbres de pierre, releva des spécimens, fit des comparaisons, établit le plan du terrain, et se laissa entraîner par la fièvre de la découverte jusqu'aux confins du champ de mort, où rien n'avait plus poussé depuis des siècles. Un peu plus loin, la végétation reprenait ses droits.

Soudain, Everts vit une corde tournoyer au-dessus de sa tête; il la sentit s'abattre sur ses épaules et l'enserrer d'un nœud coulant qui lui immobilisa les bras, tandis que le lasso le tirait à bas de son cheval. Un Indien se précipita et le ligotta contre un arbre. Everts pensa qu'il était guetté par une tribu et qu'il était perdu.

Sa surprise fut extrême quand il vit sortir d'un fourré, non pas un sachem, mais son collègue de la Geological Academy, Pearl, et son compagnon Folsom.

Pearl s'avança, correct et calme, et fit un salut de la tête, en demandant :

— Comment allez-vous? Depuis longtemps je n'ai eu le plaisir de vous voir.

En Europe, ce début d'entretien passerait les

bornes de l'ironie cruelle. Ici, il était sans malice aucune. C'était l'abord courtois d'un clubman qui rencontre un autre clubman. Everts le prit ainsi, car il répondit sans aigreur :

— Cela allait mieux tout à l'heure.

Pearl expliqua en paroles expéditives d'un homme qui compte les instants :

— Voici. J'ai fait gageure avec moi-même que mon rapport sera prêt avant le vôtre. Vous me gênez, je dois vous retarder.

Everts acquiesça avec flegme.

— Si c'est ainsi, vous devez.

— Je veux combattre à armes loyales. Dans les duels les revolvers suppriment l'un des concurrents. Votre mort m'est inutile. Votre retard seulement vaut quelque chose. Folsom a brûlé la voie du hangar à neiges; c'est brutal, et je ne voulais pas. Mais il m'a fait justement observer que cet incendie est utile, en débarrassant le pays de forêts qui n'appartiennent à personne, et qui entretiennent l'humidité, et en forçant la Railroad Co à refaire à neuf une voie déjà vieille de plusieurs années. Il a bien fait pour le bien général et pour mon bien particulier, qui est de vous retarder. Nous faisons un duel, mais l'arme choisie est l'habileté. Vous avez déposé votre arme en venant seul ici, me sachant dans les parages. Vous devez un gage. Payez.

Everts supputait ses chances de salut. Pour l'instant il était pris. Il s'agissait de gagner du temps pour s'évader ensuite.

Il fut hissé par deux Indiens sur son cheval, et Pearl l'accompagnait civilement.

— J'ai déjà appris à connaître ce merveilleux pays, car il est merveilleux, ne trouvez-vous pas?

— Je trouve.

— Il y a vers le Sud des plateaux de geysers sur lesquels mon rapport vous intéressera sûrement.

— C'est possible; où allons-nous?

— Je veux vous ramener en aval, dans la vallée de la Yellowstone; je vous prierai de la descendre sans moi, jusqu'au fort Ellis, où vous serez en sûreté, et où vous attendrez votre famille et vos amis : je leur ferai savoir votre adresse quand il sera temps. Vous ne courez aucun risque, vous serez confortable et vous serez retardé, ce qu'il me faut.

— Je comprends.

Ce ne fut qu'à la fin de l'après-midi que Pearl prit congé de son honorable collègue, à qui il ne voulut rien dérober, ni son cheval, ni ses appareils, ni ses notes. Il lui remit même un plan de sa route, vers le fort, et le salua en lui souhaitant bon retour. Puis il s'éloigna avec Folsom et ses deux Indiens.

Everts n'était ni surpris, ni scandalisé. Il était seulement furieux contre lui-même d'avoir été assez léger pour se laisser prendre.

Il s'assit sur la berge de la rivière, attacha son cheval, et songea à regagner non le fort Ellis, mais le centre du pays où ses appels avaient autant de chance de parvenir aux siens qu'à ce diable de Pearl. Il se remit en selle, frotta ses bras engourdis par le

6

lasso, et se dirigea vers le côté où il lui sembla que devaient être la Forêt Pétrifiée et son campement de Tower Falls.

Pendant ce temps, l'anxiété tourmentait ses compagnons. En ne le voyant pas revenir, ils allèrent à sa recherche et parcoururent vainement les alentours qui retentissaient du cri : Everts! jeté à tous les échos. Le soir vint, toute la nuit fut occupée aux recherches avec des torches dont les flammes tremblantes faisaient l'obscurité plus fantastique. On tirait des coups de feu, des salves de carabines, dans l'espoir que la montagne renverrait la détonation du revolver de l'égaré. Mais aucun bruit ne répondit à l'appel, et le grand silence planait sur la solitude des monts.

Au bout de vingt-quatre heures, il fallut renoncer à tout espoir. La douleur de Mme Everts et de ses filles était indicible. Tich et Dana fondaient en larmes et pleuraient leur bon maître. Les Hayden consolaient comme ils pouvaient leurs amis en leur faisant espérer qu'on retrouverait forcément Everts, dans un territoire cerné presque partout par de hautes montagnes. Norris oubliait d'assujettir son monocle et, de concert avec Washburn, il régla la ligne à suivre. On allait lever le camp, et remonter tout le cours de la Yellowstone river en opérant chaque jour des diversions à l'Est et à l'Ouest; et ils accrochaient aux arbres des écriteaux : « Suivez le cours de la Yellowstone river jusqu'au lac! » Sur les branches, hors de la portée des fauves et des carnassiers, ils suspendaient des corbeilles, qu'Annie et Elsy tressaient avec des joncs, et dans lesquelles Tich et Dana mettaient de petits paquets de provisions enveloppés dans de larges feuilles, et une lettre explicative de l'itinéraire à suivre. Et ils se confièrent pour le reste à la grâce de Dieu.

Ce que le malheureux Everts souffrit dans son abandon, il faut le lire dans le rapport publié en 1871 par Trumbull Walter dans *Overland Monthly*. Son cheval cassa sa longe et s'échappa, emportant les couvertures, les armes, les appareils.

Au bout d'une quinzaine de jours, ses vêtements se déchirèrent aux ronces, et il fut fort éprouvé par le froid des nuits à cette altitude. Il se nourrissait de racines, qu'il faisait cuire dans les bassins bouillants des geysers, et de poissons qu'il pêchait avec un clou. Il voyait beaucoup de gibier, mais il n'avait pas d'arme pour l'abattre. Il s'exerça à manier un tomahawk qu'il fabriqua, et il put tuer quelques fouines. Il s'était aménagé une demeure dans un rocher creux, devant lequel il accrocha un rideau de feuillages. Un soir, il fut éveillé par d'affreux mugissements. C'était un lion de la montagne ou couguar, en quête d'une proie. Everts n'eut que le temps de monter sur un arbre voisin pour se mettre à l'abri. Il dut demeurer sur cet abri aérien un jour et demi, sans nourriture, sans boire : il suçait la sève des branches. En bas le lion montait la garde, et ne cessait de tourner autour du tronc avec des grondements d'impatience. Enfin il se lassa, et s'éloigna.

Everts fut vingt fois près d'en finir avec cette affreuse existence, mais l'image de ses filles chéries le soutint.

Le soir, il se blottissait sous des amas de branches et de feuilles pour se préserver de la gelée. Avec son verre de montre en guise de lentille, il put allumer au soleil du bois sec, et il entretint, avec le soin d'une vestale, ce brasier qui écartait les fauves et lui permettait de cuire ses aliments et de réchauffer ses membres. La faim le torturait, et après la seconde semaine il sentit que sa raison vacillait. Il se coucha près d'une source chaude en recommandant son âme à Dieu.

VII

Les Mobiles de la Loire

VII

Les Mobiles de la Loire

Le train qui vient de San-Francisco et de Sacramento fut arrêté près d'Ogden, au nord du lac Salé, par une bande de Pawnies qui avait descellé les rails. La plupart des voyageurs se firent conduire en voiture vers Cheyenne et Denver. D'autres attendirent que la voie fut remise en état.

Parmi les passagers en panne, étaient deux jeunes français, types de notre vieille race, l'air distingué et énergique, moustache fine, œil clair, spirituel et crâne. Ils étaient misérablement vêtus et paraissaient avoir beaucoup souffert, malgré leur vaillante humeur. L'un se nommait Gaston de Portneuf; son ami, un peu plus jeune, était André de Fonteneille.

Par suite de quels événements se trouvaient-ils dans l'Utah en l'an de grâce 1871? Le lecteur se souvient peut-être qu'un jeune homme était l'objet des préférences sentimentales de Mlle Annie Everts, à Philadelphie, et c'était Gaston de Portneuf, descendant de refugiés protestants venus en Amérique après la révocation de l'Edit de Nantes.

Lors de la déclaration de la guerre franco-allemande, en juillet 1870, il était parti mettre son bras au service de son pays.

Lorsqu'il arriva, il trouva la France aux abois, des soldats qui n'étaient pas familiarisés avec le chassepot qu'on leur mettait dans les mains, et moins encore avec le fusil à tabatière; une armée que Wissembourg, Forbach, Metz, Sedan avait démoralisée sans l'abattre. Un grand élan de patriotisme secouait le peuple et faisait sortir de terre des armées de volontaires, de francs-tireurs, de mobiles; la Délégation du Gouvernement avait formé un corps de 600.000 recrues, et faisait venir d'Amérique de grandes quantités d'armes; une vaine agitation remuait le pays sous l'étreinte de l'étranger.

Portneuf à son arrivée au Havre s'engagea dans les mobiles de l'Ouest, versés dans l'armée de la Loire sous le commandement du général de la Motte-Rouge. Il eut aussitôt occasion de se battre à Artenay, le 10 octobre, puis à Châteaudun, où il alla soutenir les francs-tireurs de Lipowski; il fut au camp de Salbris, en Sologne, où le général d'Aurelle de Paladines réunissait, pour leur donner de la cohésion, les détachements qui arrivaient de toutes parts. Il vit le 15° et le 16° corps tenir la victoire en balance à Coulmiers, au point que le prince Frédéric-Charles accourut avec son armée, rendue disponible par la capitulation de Metz.

Le 28 novembre, il fut versé dans le 20ᵉ corps sous les ordres du général Crouzat; il se lia d'amitié avec un camarade, André de Fonteneille, brave et loyal comme lui. Ensemble ils prirent part à l'assaut de Beaune-la-Rolande, où les Allemands firent 1.600 prisonniers, dont nos deux jeunes gens.

En wagons à bestiaux, ils furent dirigés vers l'est, et traversèrent l'Allemagne pour être écroués dans un camp perdu en Poméranie, où on les laissa vivre dans les privations et la vermine, par un froid intense.

Ils étaient si nombreux que la surveillance avait des défaillances. Ils parvinrent à s'évader, firent tous les métiers pour subsister, gagnèrent la frontière russe, et s'engagèrent comme matelots à Salonique. Par la ligne des Indes, ils purent ainsi rallier San-Francisco, d'où ils se disposaient à regagner New-York quand la voie ferrée leur manqua à Ogden. C'était un léger contretemps auprès des difficultés, des drames, des angoisses qu'ils avaient traversés depuis qu'ils avaient quitté la France.

Assis sur la plage sablonneuse du lac Salé aux eaux denses, en regardant la silhouette découpée de la Salt Lake City, métropole des Mormons, que domine l'immense toiture bombée de leur temple, les deux amis, dont l'affection avait ces liens solides que crée le danger en commun, évoquaient leur récent passé. Fonteneille avait suivi

Portneuf sans autre raison que le besoin de ne pas se séparer encore. Seuls au monde tous deux, ils étaient tout l'un pour l'autre dans le désastre de leur vie et de leur patrie. Fonteneille irait tenter la fortune dans quelque *placer*, dans les mines du Far West. Il y avait là une matière excellente pour son activité, sa bravoure, sa passion du jeu, et sa crânerie devant le hasard. Puisque la vie de Portneuf était fixée outre-mer, il l'accompagnerait, en regrettant de n'être attiré et retenu que par l'amitié, et non par l'amour.

Il connaissait, pour en avoir entendu souvent parler, miss Annie Everts, dont Portneuf était profondément épris. Dans les casemates d'Orléans, dans les fourgons des prisonniers, en Poméranie, en Turquie, dans l'Océan Indien, par les splendides nuits pointillées d'or, partout Portneuf avait puisé le courage et l'espoir dans l'image d'Annie qu'il voulait revoir. André recevait de l'énergie de ce rayonnement, comme on reçoit des étincelles près d'un brasier. Et il se laissait entraîner par cette attirance, comme un satellite suit son étoile.

— Et maintenant, dit Portneuf en riant et en lançant des poignées de sable dans l'eau épaisse du lac Salé, qu'allons-nous faire ?

Fonteneille était de tempérament aventureux. Il proposa :

— Si nous faisions quelques pas à pied, pendant deux ou trois semaines?

— J'allais te l'offrir, dit Portneuf. Tu es ici près

du théâtre de tes futurs travaux; explorons-le ensemble, et si tu trouves une mine d'or, nous ferons part à deux.

Nos jeunes gens étaient affublés comme de véritables cowboys; ils avaient, avec leur paie de matelots, pu se procurer à San-Francisco de vieux vêtements de cuir et deux carabines. Leurs ressources étaient modestes, cependant ils avaient de quoi vivre quelque temps dans ce pays de la simplicité; Gaston avait pris quelque argent sur une banque californienne en relations avec son banquier de New-York. Rien ne le pressait. Ils bénirent cet accident de chemin de fer qui les forçait à mieux connaître une région peut-être utile à découvrir.

Ils traversèrent Salt Lake City, où dort Brigham Young entouré par les tombes de ses multiples épouses, et ils visitèrent le grand Temple au toit rond dont l'acoustique émerveille les touristes. Ils remontèrent vers le nord, et s'amusèrent fort d'arriver au Bear Lake, dont les bords portent une ville qui s'appelle Paris.

— De là nécessité, observa André, de toujours mettre sur ses enveloppes Paris, France, Europe. Autrement la lettre part tout droit pour Paris, Bear Lake !

Par Malad City, Gentile Valley, Soda Springs, ils atteignirent la rivière Gros Ventre et la chaîne des monts Téton, par de là lesquels ils pénétrèrent dans la vallée du lac Yellowstone, espérant trouver de ce côté des passages aisés vers les mines de Lexington et de Butte.

Ils se trouvèrent sans le savoir au centre des Terres Maudites, et leur étonnement fut grand de ce qu'ils virent. Dans une région sauvage et accidentée, où les monts étaient tapissés de mousses d'un rouge sang, ils gagnèrent péniblement le Phosphore Lake, grisés par l'infinie solitude de ces régions inhabitées. Une belle rivière arrosait à pleins bords la vallée; ils la suivirent, et bientôt leur surprise s'accrut. La rivière (c'était la Firehole) était glacée, avec des courants d'eau bouillante qui se mêlaient à elle par places. A mesure que nos jeunes gens en descendaient le cours, les rives prenaient un aspect étrange, désolé. Ils étaient arrivés à cette région fameuse des geysers, qui porte aujourd'hui les noms de *Upper*, *Lower* et *Norris Geyser Basin*, sur laquelle on a compté jusqu'à présent dix mille geysers, et tout n'est pas encore découvert.

Portneuf et Fonteneille s'avancèrent avec précaution et appréhension sur cette longue plaine unie, blanche et rose, où les dépôts de geyserite ont accompli l'œuvre de destruction, où plus rien ne pousse ni ne vit. Un peu plus loin, ce manteau neigeux moulait les aspérités d'un plateau plus accidenté; on eût dit un océan de lait congelé en pleine tempête. Au loin, des forêts poussaient en marge de cette large plaque blanche, et résonnaient du gazouillis des oiseaux.

Nos explorateurs avançaient prudemment, car il

semblait que le sol fût une mince croûte blanche
au-dessus d'une immense chaudière, tant il sortait
de vapeurs par d'innombrables trous, crevasses et
solfatares. Des jets intermittents jaillissaient de
biais sur la berge de la rivière, et l'eau fumait le
long d'une des rives.

C'étaient, sur cette plaine blanche et dure, des
excavations nombreuses, des bassins ronds et
réguliers remplis d'une eau si pure qu'on ne la
voyait pas, et qu'on eût dit de l'air emplissant l'entonnoir rose et doré qui plongeait jusqu'à la bouil-
loire souterraine ; ou bien c'étaient des tumuli
agglomérés par le dépôt de la geyserite sur elle-
même autour du cratère, encadré d'une haute
margelle brillamment colorée. Des geysers ont ainsi
formé au cours des siècles des rocailles colossales,
rosées et dorées, telle que Louis XIV les eût rêvées
pour Versailles.

Aux confins du plateau, cette lèpre candide
gagnait toujours de proche en proche sur la forêt,
dont la lisière était maculée de taches et d'érosions.
Il fallait se garer des éruptions des geysers, dont
on a pu depuis constater et relever la précise régularité.

Il en jaillissait de partout, de longs, de larges, de
droits, d'inclinés ; tel semblait craché par une bouche
de bronze dans un bassin ; tel surgissait haut et
droit avec la fierté rigide d'une colonne ; tel s'étalait
en artichaut ; c'étaient les jeux les plus variés et les
plus savants de l'hydrotechnique.

L'air était saturé d'une odeur de soufre et de barège. Le sous-sol gloussait, on entendait un océan d'eau chaude brassé et travaillé par les forces intérieures de la terre, et se soulevant par places, à travers les fissures du couvercle, en gerbes évasées, en jets droits, en nappes lourdes. C'était un vacarme souterrain d'eaux secouées, de bouillons, de borborygmes, de trépidations, de soupapes humides, par où fusait un jet intermittent.

Fonteneille l'explorateur, Portneuf l'ingénieur trouvaient là matière à d'utiles observations. Ils comprirent vite que tout le pays était déserté, et que la frayeur en éloignait les Indiens, que c'était là un abri sûr et commode, aux bords de cette vallée bouillante.

Ils allaient d'étonnement en étonnement.

Ici c'était un bassin creusé en entonnoir, avec un orifice au fond, s'ouvrant sur le centre de la terre. L'eau emplissait jusqu'aux bords le cône renversé, une eau limpide et invisible; les parois étaient d'or et de rose, avec des perles et des frises ciselées par le caprice des formations. De temps en temps, l'eau si limpide se plissait, s'agitait, se soulevait, et par bonds successifs s'élevait en une large et haute colonne qui ensuite retombait, et l'eau du cône reprenait son calme jusqu'à l'éruption suivante.

Portneuf observa vite une certaine régularité de ces jeux : l'intervalle était ici de dix minutes, là d'une heure, là de trois heures. Avec une fièvre de découverte, les amis s'appelaient à mesure qu'il leur apparaissait un aspect neuf de phénomène.

— Gaston ! Viens voir l'Encrier du Diable !

Et c'était, derrière un buisson, un cratère de lave noire, au fond duquel une force mystérieuse remuait et brassait de la boue noire, comme si, au fond, quelque Encélade en se retournant faisait ces cloques, ces boursouflures et ces dépressions de la surface.

— André ! « Le Souffle de Satan ». C'est par ici que le diable respire.

Dans un roc de geyserite, contourné en grosse coquille blanc et or, une déchirure projetait par saccades des bouffées de vent chaud, comme une haleine ou le sifflement de douze locomotives.

— Et ici, la Mare Sanglante !

L'eau pure dormait dans une grande coupelle dont les formations striées étaient pourpres.

— Là, le Bol de Punch !

Une margelle rocailleuse et haute enfermait une eau fumante que coloraient les ors bruns et les rouges des parois.

— Et là, « le Pot à Peinture » !

C'était un large bassin à margelle, empli à ras du bord d'une belle chaux rose et blanche, fine, veloutée, comme le plus pur kaolin, une chaux brassée pendant des siècles. La surface était un enchantement pour les yeux, tant les tons en étaient aimables et caressants. Des ampoules, des cloques se formaient, crevaient, et se résorbaient en dessinant de grandes fleurs aux nervures délicates. Les stries, les bombures, les plis, les interférences, se croisaient, se contrariaient, se résolvaient en gracieux dessins, révélant le mystérieux travail d'invisibles gnomes au fond de cette cuve, où résonnaient des chocs, des remous lourds et de sourdes détonations.

Dans une clairière, derrière un petit bosquet que la lèpre d'or n'avait pas encore rongé, Gaston découvrit une autre merveille :

— Viens voir ! C'est un morceau du soleil !

Les bords du bassin étaient dorés en deux tons, or fauve et or foncé. Ils s'enfonçaient sous l'eau par stries circulaires, dégradées, aux teintes fondues, du blanc au bleu, du safran au vermillon. Toutes les nuances de la plus riche palette étaient étalées là, et disposées avec art sous un voile d'eau d'émeraude.

Ils avaient élu domicile à l'orée de la forêt giboyeuse qu'on traverse encore aujourd'hui pour aller du bassin Norris au bassin Inférieur. C'était un séjour commode, car la fraîcheur de la nuit y était neutralisée par les jets de vapeur des solfatares et des mares chaudes.

— Quel pays de Cocagne ! disait André.

En effet, ils pêchaient des poissons, des truites superbes dans la rivière, et il suffisait de les plonger dans un des geysers au repos pour les faire cuire. La nature avait tout prévu.

— Mais nous sommes apparemment les premiers à en profiter, observait Portneuf. Ne trouves-tu pas qu'il y a quelque chose d'émouvant, d'impressionnant, à nous trouver ici seuls, maîtres de cette terre qui fut ainsi de tout temps, bien avant que Christophe Colomb ait pensé au Nouveau Monde. Il semble que pour nous le temps et l'espace soient abolis, nous planons ici sur l'éternité des âges.

— Portneuf, tu deviens lyrique, répondit Fonteneille. Regarde le bassin dans lequel la lune commence à se refléter. Dans combien de temps va-t-il jaillir? Je parie pour une heure.

— Incorrigible joueur! Il faut que tu paries même contre un geyser, dit Gaston en riant.

Par curiosité, ils attendirent. C'était un petit bassin large d'un mètre, comme il y en a des milliers aux alentours, un trou que cerne un bourrelet de formations brunes et élastiques. Le soir était venu. Dans l'eau pure, les étoiles se miraient à une profondeur insondable. La lune argentait la plaine blanche et les panaches de vapeurs. De temps en temps, de petits geysers aux environs faisaient leur éruption, clapotaient, puis se taisaient. Nos jeunes gens les connaissaient déjà en partie et les avaient baptisés.

— C'est la Clepsydre! Et la Théière! Et le Château-Fort! Le vieux Fidèle est en retard!

Sur toute la vallée fumante, les geysers sifflaient, soufflaient, grondaient, bourdonnaient, gloussaient, chacun à son heure.

Les jeunes gens n'attendirent pas vingt minutes, et déjà dans la profondeur du sous-sol une détonation

retentit au fond du petit bassin, comme si une masse
énorme était projetée contre la paroi de la caverne
intérieure. L'eau si pure eut des tremblements,
sembla se ramasser, et sauta en une petite gerbe
de cinquante centimètres de haut, qui retomba;
l'eau fut de nouveau plate, puis une seconde gerbe
un peu plus haute se forma, et ce fut ainsi une
succession de soubresauts toujours de plus en plus
hauts, et comme piqués d'émulation, jusqu'à
atteindre bientôt une hauteur de vingt mètres. Ce
fut alors une explosion tumultueuse, le plus magnifique jet d'eau bouillante, dru, droit, enveloppé
d'une gaine de vapeur cotonneuse, qui s'accumula
en nuage de plus en plus dense; celui-ci monta, puis
s'inclina, et son immense panache cacha bientôt
une moitié du ciel. Poussées furieusement l'une
derrière l'autre, les formidables gerbes se succé-
daient et retombaient de côté; le sol gluant et
incliné était inondé d'eau chaude et de rigoles
fumantes. La colonne qui redescendait rencontrait
la suivante qui montait, et c'était dans le petit bassin
un furieux remous, une lutte bruyante des deux
flots contraires, sous le carcan de granit qui empri-
sonnait la chaudière.

André et Gaston regardaient avec stupéfaction la
fureur colossale et tonitruante du petit bassin tout
à l'heure si paisible. A présent, il entrait en une
colère majestueuse et grandiose. Pendant plus d'une
demi-heure, la colonne jaillit dans d'épais nuages
sulfureux avec un fracas de machine, avec une

puissance si terrible, que nulle entrave humaine
n'eût pu contenir le petit bassin bleu.

Alors la fumée devint noirâtre, chargée des scories
du fond. Une détonation fit résonner le sous-sol,
comme si un rocher fût venu frapper la voûte.
Ces bruits sortis de la gueule du monstre étaient
effrayants, pareils à des appels de là-bas. Soudain,
on eût dit qu'une main infernale fermait une trappe.
Une dernière gerbe s'élança, et ne fut suivie
d'aucune autre. L'eau tumultueuse se ramassa, se
calma; l'énorme nuage de buée s'effilocha, se
déchira, et monta en flocons épars vers la lune qui
l'éclairait et le cernait d'un liséré lumineux. Des
bruits sourds, plus rares, sortirent encore de l'orifice
du petit bassin, derniers grondements d'un monstre
qui va mourir pour renaître. Puis l'eau reprit sa
pureté, immobile, parmi les clapotements des geysers
d'alentour.

La nuit était sereine, et les astres à présent bril-
laient d'un éclat scintillant dans l'air clair. Au loin,
le plateau crayeux s'émaillait de fumerolles. Une
orfraie passa et s'éloigna, avec un cri, de la région
maudite, où pas un insecte, pas une bête, pas une
herbe ne met l'aspect de la vie sur cette grande
plaque qui suinte, dévastée sans retour.

— Quel admirable tableau, pensait tout haut de
Portneuf! On vit ici en dehors des civilisations et
des cités, au sein du plus stupéfiant laboratoire de
la nature, tout près de la création des mondes.

— Tout de même, ajouta Fonteneille, j'ai perdu

mon pari, le petit bassin ne nous a pas fait attendre une heure ses grandes eaux.

— Tu dois un gage à dame Nature.

— Pourvu qu'elle oublie de me le faire payer !

Parfois, ils remontaient jusqu'au bassin supérieur, au delà des marais aux rives gluantes et molles, d'une jolie couleur brune, sur lesquelles ils pouvaient tracer des dessins avec un bâton. Ils longeaient le grand lac fumant qui recouvre le colossal geyser appelé depuis « *Le Demi-Arpent d'Enfer* », qui fait son éruption tous les deux mois, en déchirant toute la région. Quand la brise écartait la vapeur, on apercevait l'eau claire et bleue, où flottaient des paquets de libellules bouillies, et où la vue plongeait à des profondeurs effrayantes le long des berges festonnées de dépôts roses, dorés, tapissés de fines conferves.

Les alentours étaient recouverts d'une couche élastique et brune, zébrée de rigoles sanglantes, comme si l'enfer rejetait là le sang de ses damnés.

Toutes les forêts survivantes fumaient ; on eût dit qu'elles étaient remplies d'usines. Ils donnaient un nom à toutes les sources, à toutes les vasques : ici la Turquoise, nappe d'eau bleue sur un fond doré ; ailleurs la Gloire du Matin, toute mordorée. Plus loin s'étendait un autre plateau dont les geysers n'étaient plus des bassins creusés en entonnoirs, mais avaient, par les dépôts, fortifié leurs cratères de bourrelets, de constructions, de cheminées, de galeries, d'arcades, de colonnes, et l'ensemble donnait l'impression d'un champ de ruines où jadis s'élevaient des castels et des palais. Nos explorateurs assimilaient tous ces types à des images qu'ils faisaient naître : l'Anémone, la Ruine. Sous tout cela, on entendait l'eau tourmentée, secouée, agitée, se démenant contre quelque invisible ennemi qui l'attirait, la lançait en fusées sonores, et l'abandonnait pour recommencer.

Il fallait contourner avec mille précautions des rocs striés, feuilletés, troués d'une cheminée qui crachait de l'eau bouillante par intervalles ; des trous ressemblaient à une énorme plaie peinte de tons bleus, jaunes, verts, avec un bourrelet circulaire, des suintements rouges, des écailles noires. Des jets avaient une puissance formidable et semblaient devoir faire voler en éclats leur trou d'échappement. La nuit, ces constructions prenaient des silhouettes précises, une lionne couchée, un turban, des dés. Il y en avait qui ne soufflaient que de l'air chaud et sec ; tel entonnoir était tapissé de fin sable noir. Au centre, la Rivière aux Trous à Feu, Firehole river, coulait froide et indifférente, et rafraîchissait les rigoles fumantes qui descendaient le long de ses berges.

Après deux semaines passées dans ce décor de fantasmagorie, Portneuf fut d'avis qu'il fallait continuer leur route vers le nord, pour atteindre la région des mines.

— Ce sera plus grave, dit Fonteneille, car nous allons retrouver des hommes.

Ils résolurent de voyager avec mille précautions pour éviter et dépister les tribus indiennes.

Ils s'enfoncèrent à travers les forêts montagneuses, toutes humides de sources minérales, ferrugineuses, sulfureuses.

— C'est admirable, disait Fonteneille; c'est Spa chez soi!

Là, il leur fallut s'arrêter, car Fonteneille, comme si la nature se rappelait qu'il avait un gage à lui payer, fut pris d'une forte fièvre. Il délirait, couché sur un lit de mousse, dans un abri rocheux, il se voyait entouré de flammes et de fumée, et dans ses hallucinations se mêlaient les horreurs des Terres Maudites et les souvenirs de la guerre. Les grondements souterrains étaient le bruit des régiments de uhlans, et les détonations des geysers étaient les décharges des batteries d'artillerie. Les noms de Chanzy, de Bourbaki, de Faidherbe, de Bazaine, de Trochu se mêlaient à ses hallucinations, et dans les flocons de vapeur se précisaient des tableaux de batailles, Bazeilles, Reichshoffen, Frœschwiller. Il divaguait.

— Hardi, Mac-Mahon! Oh! les beaux cuirassiers! Attention aux perches à houblon! Semblable au bruit de la grêle, le son des balles résonne sur les cuirasses! Courage! les cuirassiers de Bonnemains arrivent et font trembler la terre! Où sont-ils? Toute l'armée jonche le sol! Les geysers ont tout englouti! Celui-là, c'est Rezonville, et voilà Mars-la-Tour, et voilà Saint-Privat, qui jette six mille hommes à terre du premier coup ! Et là, ce coin d'enfer où nos troupes s'engloutissent, Sedan, abîme des braves !

Alors il était secoué de frissons et de sanglots. Son compagnon était atterré. Il allait lui chercher dans une écuelle d'écorce des eaux thermales pour étancher sa soif.

Au bout de quelques jours, la fièvre tomba et le malade demeura dans un état de prostration voisin du coma. Son ami faisait infuser de l'écorce de quinquina dans l'eau bouillante des sources. Il le soigna avec un dévouement qui ne fut pas vain, et bientôt il eut l'espoir de le sauver. Le convalescent fut long à reprendre ses forces ; il remerciait son ami de lui avoir sauvé la vie, et ajoutait en souriant :

—- Il m'eût été désagréable de laisser mes os dans ce désert, où j'aurais été le seul spécimen de l'espèce humaine.

L'été splendide, l'air pur, les saines émanations des sources et des bois, la jeunesse remirent enfin le malade sur pied, et à petites journées, les deux compagnons contournèrent la montagne aujourd'hui appelée Gibbon Hill.

Un matin, tandis que Portneuf préparait le repas — il avait tué un renard et pêché quelques poissons — Fonteneille, le fusil à la main, explora les environs pour s'assurer que l'on pouvait passer.

Portneuf le vit revenir une heure après, riant aux éclats. Il menait par la bride un cheval tout harnaché, et il s'était enroulé dans une couverture inconnue.

— Gaston, cria-t-il de loin, il faut me pincer pour m'assurer que je ne rêve pas, et que ma fièvre ne m'a pas repris, ou que nous ne sommes pas dans le pays des contes de fées.

Il raconta comment il venait de rencontrer un cheval tout sellé, qui s'était laissé approcher sans crainte. A la selle étaient solidement arrimés des armes, des appareils de photographie. Ils attachèrent la bête et se mirent en devoir d'examiner sa charge. Rien ne leur permit de préciser la provenance de leur prise, mais il était aisé de se rendre compte que c'était la monture échappée de quelque explorateur de l'est. La selle sortait d'une fabrique de Baltimore ; les appareils et les armes portaient les firmes de fabricants New-Yorkais ; un carnet blanc avait été acheté à Philadelphie ; ainsi que les courroies de paquetage. L'état de la bête et de sa charge attestaient que son évasion remontait bien à deux semaines.

— Bravo ! fit Fonteneille ; nous allons tâcher de retrouver le cavalier, il sera aussi charmé qu'étonné de voir que dans ce pays-ci on rend les objets perdus.

— En attendant, cet animal vient fort à propos pour alléger nos pas.

— Et nos épaules, ajouta Fonteneille en paquetant tout le bagage sur le dos du cheval docile.

Ils n'étaient pas au bout de leurs surprises. La journée leur en ménageait d'autres. Ils campèrent vers midi au bas d'une colline que troue une caverne, dans un site romantique. La rivière se précipite au fond d'un ravin, non par une cascade, mais par un plan incliné de roches noires, que blanchit son écume ; c'était un des plus admirables rapides, dans un cadre de hauts arbres, de rocs mousseux ; le silence de la pénombre n'est interrompu que par le chant éternel du torrent ; parfois un merle aquatique siffle, ou un chipmunk pousse un cri en apercevant un serpent.

Un trou béant crevait la colline voisine d'une entaille ogivale, pareille à un portail de cathédrale, qui plongeait dans un bassin de boue jaune, comme si elle s'y était abîmée. Cette boue était continuellement brassée, travaillée, remuée, soulevée, refoulée dans des profondeurs mystérieuses sous lesquelles on entendait le choc des masses lointaines contre les parois et la voûte.

— Arrêtons-nous ici, dit Portneuf.

En examinant le paysage, ils aperçurent un petit panier de vannerie accroché dans les branches.

— Eh ! cria Fonteneille, la féérie continue. C'est le royaume de Merlin l'Enchanteur. Petit panier, qu'apportes-tu ?

Il monta sur la branche et tendit précieusement la corbeille à Portneuf en lui criant :

— Je te vends mon corbillon !

La corbeille, tressée en joncs sauvages, contenait du biscuit et une boîte de conserves, un petit papier y était joint, où ces mots étaient tracés :

— Courage ! ne vous désespérez pas ! Nous sommes là ! Remontez le cours de la Yellowstone river, vous nous trouverez à son extrémité.

Les deux jeunes gens ébahis se regardaient. Ceci passait les bornes de la crédulité. Portneuf observa :

— Ne te frappe pas ! Cette lettre n'est pas pour nous, je ne crois pas. Elle doit s'être trompée d'adresse, et regarde apparemment le propriétaire du cheval égaré. C'est peut-être une mission dont un de ses compagnons aura perdu sa route.

— L'ami, répondit Fonteneille, une lettre est sacrée. Je la remets dans sa boîte aux lettres, et celle-ci sur sa branche. Mais le caractère hiératique des boîtes de conserves est beaucoup moins évident. Allons ! à table !

Ils étaient réconfortés par cet espoir d'un voisinage autre que celui des Indiens, et le vent qui bruissait dans les feuilles les faisait tressaillir, comme si des amis allaient apparaître.

Près de là, ils trouvèrent une montagne de soufre qu'entourait un lac bouillant. Le soleil en faisait jouer les tons paille et rose.

— Parfait ! dit Fonteneille, nous n'avions pas d'allumettes !

De son bâton, il détacha parmi les petites fumées quelques blocs qu'il roula pour les laisser refroidir, et il les empaqueta dans de larges feuilles. Comme il cherchait le moyen de bien assujettir ce nouveau et dangereux colis sur sa selle, il sentit une suture qui s'ouvrait sur une poche, dont il retira un étui de cuir rouge ; à l'intérieur, un nom, une adresse et trois portraits de femmes. Il appela Portneuf :

— Le propriétaire dit son nom et présente sa famille !

Portneuf s'y reprit à deux fois pour lire le nom et l'adresse du Dr. Everts, et reconnaître les portraits de Mme Everts, d'Annie et d'Elsy. Fonteneille l'observait :

— Est-ce que tu serais en pays de connaissance?

— Ah ! mon ami !

— Quel avantage d'avoir voyagé ! On connaît du monde partout !

— Mon ami ! Tu sais mon Annie, ma jolie Annie, tiens, la voilà, c'est elle, et voilà sa sœur. L'explorateur égaré, le propriétaire du cheval, c'est son père le Dr. Everts.

— Mais, c'est ma foi vrai ! Je reconnais maintenant ce nom que tu m'as dit souvent. Oh ! parbleu, laisse-moi te dire, je ne bouge plus d'ici ! En quelque lieu du monde que j'aille, nulle part je ne trouverai ce que l'on trouve dans ces montagnes d'Armide ! D'abord, pas d'habitants, pas d'hommes, pas de femmes, pas d'enfants, aucun de ces encombrements de la vie, la liberté, le sans-souci du lendemain, nulle hypocrisie sociale, nul mensonge mondain. Devant les singes et les chacals, on n'a que faire de mentir. Ceci donne raison à M. Jean-Jacques Rousseau : il n'est d'honnête que l'état de nature. Et quels avantages, que l'on chercherait en vain dans les populeuses cités, où ces fantaisies

coûteraient cher, quand elles ne seraient pas irréali-
sables ! Ici, je pêche en bateau, je lève ma truite
à droite dans l'eau froide, je la plonge à gauche dans
l'eau chaude et je la sors bouillie. Il me faut du
sel? Je gratte un peu le rocher, et j'ai ce qu'il me
faut ! Je voudrais des allumettes? J'ai une montagne
de soufre. Je trouve assez de sources différentes
pour faire en même temps toutes les cures de toutes
les villes d'eaux du monde entier, minérales, thermales, ferrugineuses, sulfureuses, azotées, gazeuses,
que sais-je? et je préserve de tout mal ma petite
santé. Pour la nuit, il me faudrait une couverture?
Je la trouve sous le pas d'un cheval. Le cheval lui-
même vient s'offrir à ma main et m'apporter tout ce
qu'il faut pour écrire. J'ai un ami dont il me serait
agréable d'avoir le portrait : le cheval merveilleux
me procure un appareil photographique. Je me
lasse des racines et du poisson bouilli? La brise
féérique fait se balancer dans les branches une
corbeille de friandises, biscuit de mer, et conserves
de Chicago ! Combien tout cela est mieux machiné
que le conte de Fénélon qui ahurissait mon enfance,
l'*Ile des Plaisirs,* où le vent soufflait pour détacher
des arbres des gaufrettes qu'il portait dans la
bouche des gens. Je préfère de beaucoup une tranche
de porc fumé en la circonstance. Est-ce tout?
Grattez la roche, et vous emplissez vos poches de
poudre d'or. Le pays fournit le dîner et l'or, à
l'envers des cités où l'on n'a l'un qu'en échange de
l'autre ! Mon ami a une fiancée? Un cheval ailé lui

apporte son portrait avec ceux de toute la famille !
Mon ami a un futur beau-père? Et il peut s'attendre
à le trouver ici d'un moment à l'autre au détour d'un
rocher, sans belle-mère ! Par Belzébuth et Asmodée !
Quel pays au monde vaudrait celui-ci, et quel sot
serait celui-là qui n'y fixerait pas ses pénates !

Gaston de Portneuf était devenu songeur. Il pres-
sentait un malheur, et son affection s'alarmait des
inquiétudes et des transes où devait être Annie en
attendant son père à Philadelphie.

Comme il avait repris sa route avec son ami, dans
l'incertitude anxieuse du côté vers lequel il rencon-
trerait la rivière Yellowstone, Fonteneille goguenard
observait :

— Il n'est pas commode de demander son chemin
aux passants, dans ce pays-ci !

A la fin du second jour, ils aperçurent sous un
grand arbre un être humain, étrange, effrayant, la
barbe et la chevelure hirsutes, les vêtements en
lambeaux, l'œil hagard ; il était accroupi sur l'herbe,
et tenait sur ses genoux une petite corbeille pareille
à celle qu'ils avaient trouvée. Il s'amusait, comme
un dément, à déchirer en menus morceaux le papier
du billet, et à casser les brindilles de joncs. Il
semblait n'avoir aucune conscience de ses actes.

A la vue des jeunes gens, il se leva et s'enfuit
dans les taillis. Il fut vite rejoint, et ses regards
exprimaient une grande terreur. A ce qui demeurait
intact de ses vêtements, à son teint bruni, mais
d'homme blanc, à son type de Yankee de l'est,

Portneuf soupçonna que ce pouvait être Everts, dont
la raison s'était égarée quand il s'était vu abandonné
et perdu. Il en fut convaincu quand il vit le cheval
flairer son maître en hennissant.

Avec des soins attendris, ils calmèrent le malheureux, le rassurèrent, réparèrent le désordre de sa
tenue, le firent boire. Il s'endormit, et ils veillèrent
sur son sommeil qui dura longtemps.

Au réveil, quand l'infortuné se vit entouré de
deux amis, il passa sa main sur son front à plusieurs
reprises, comme pour rassembler ses idées éparses ;
ses yeux étaient moins brillants, la fièvre avait cessé ;
il se prit à pleurer.

— Il est sauvé, dit Fonteneille.

Peu à peu la raison revenait. Le malade se
plaignait encore d'un violent mal de tête, mais ses
propos n'étaient plus incohérents. Il essaya de parler,
de raconter, et brisé par l'effort de son intelligence
à peine réveillée, il se rendormit.

Quand il rouvrit les yeux, rassuré, rasséréné,
maître à nouveau de son sens, il sourit, regarda les
deux jeunes gens, et dit avec étonnement :

— Gaston de Portneuf !

— Vous me reconnaissez, monsieur Everts !

— Comment êtes-vous ici?

— Et comment y êtes-vous, vous-même?

Ce furent alors les explications, les récits des jours
passés, le désespoir d'Everts dans son abandon, ses
adieux à la vie et à ses filles, l'angoisse de sentir sa

raison vaciller, puis la nuit, le noir, il ne se rappelait plus.

Gaston de son côté lui conta par suite de quels étranges événements, son ami et lui, avaient abandonné la ligne de Northern Pacific R. R. pour tâcher de rallier au nord les mines du Montana, et comment ils avaient connu sa présence par la trouvaille qu'ils avaient faite de son cheval.

Everts s'enroulait dans son plaid en disant :

— Voilà une couverture à laquelle j'avais fait mes adieux ! Le Ciel ne m'a donc pas abandonné.

Ils demeurèrent là quelques jours, pour que le malade reprît ses forces ; et ils se racontaient les incidents de leur vie récente. Portneuf et Fonteneille connurent ainsi la duplicité de Pearl, qui les indigna. Everts s'étonnait de leur colère.

— C'est un duel comme un autre, disait-il, un match. A chacun de veiller sur soi.

Portneuf sentait sa valeur décuplée par la présence probable d'Annie dans les environs.

— Nous sommes trois fusils à présent; il en faudrait trente pour nous abattre !

En réunissant ses notes et ses souvenirs, Everts conclut que pour rejoindre la rivière désignée par les billets, il fallait se diriger vers le Levant; et ils se mirent en route vers la Yellowstone.

VIII

Au Camp d'Hayden Valley

VIII

Au Camp d'Hayden Valley

Nous avons laissé la famille Everts fort en peine de son chef, et errant le long de la Yellowstone river.

Mme Everts et ses filles étaient dans l'anxiété, et Mme Hayden ne les quittait pas un instant, tâchant de les consoler, de les rassurer et de leur donner de l'espoir.

Les hommes, Hayden, le colonel Norris et le colonel Washburn organisèrent des battues qui, si elles demeuraient sans résultat en ce qui concernait la recherche de leur compagnon, étaient du moins fructueuses pour la science. Un hasard seul eût pu leur faire retrouver Everts, car tout le pays est creusé de vallées parallèles, qu'arrosent quantité de rivières; nulle région n'est plus richement irriguée, et ce sol pénétré d'eau offre une riche matière aux échauffements périodiques des geysers. Il a fallu, depuis,

dresser des cartes fort complètes pour discerner ce
grand nombre de vallées, où coulent les cours d'eau
actuellement appelés Lacy Creek, Heron Creek,
Arnica Creek, Bridge Creek, Trout Creek, Alun
Creek, etc. Les hautes montagnes font autant d'é-
crans qui isolent chacun de ces bassins.

Le détachement Everts, commandé par Washburn, était bien pourvu en hommes et en matériel.
Des Indiens porteurs de la tribu amie, les Bannocks,
des chevaux cayuses, des fourgons assuraient au
campement le confortable et la sécurité.

Hayden avait découvert, au delà de la Montagne
de Soufre et du Volcan de Boue, une ravissante
vallée, qui porte aujourd'hui son nom : *Hayden
Valley*, où il installa son quartier général. Vers l'Est,
la Yellowstone étalait en méandres son large cours,
que ne précipitait pas encore l'appel de la grande
cascade, située plus au Nord. A droite et à gauche,
des forêts, en partie rongées par la lèpre neigeuse
des dépôts, offraient des abris sûrs, ombragés par de
grands arbres, réchauffés la nuit par les sources thermales, et protégés contre les Indiens par la quantité
des fumerolles, qui faisaient voltiger au-dessus des
branches des flocons ouatés de vapeurs. A l'horizon,
de hautes montagnes fermaient cet immense enclos,
où le camp fut installé en sûreté.

Les dames tenaient la maison et s'occupaient des
soins utiles de la vie domestique. Annie dessinait
ou jouait tristement avec sa chatte. Elle regardait
la petite bête, si drôle avec ses airs par instants

graves et réfléchis, les yeux demi-clos, les pattes de devant toutes droites, bien rapprochées de celles d'arrière, comme par une gageure de les faire tenir sur le plus petit espace, la queue sous le corps, la tête immobile. Au bout de longs instants, l'animal se levait et sans quitter sa place étirait ses muscles, pattes tendues, l'échine en rond et si haute qu'Annie éclatait de rire de la voir ainsi s'allonger et se hausser en arc inattendu et immense pour sa taille. La jolie bête semblait alors accrochée par le milieu du corps, pattes pendantes, à quelque croc invisible, et elle était pareille à la figure du mouton plié en deux sur la Bible dans les images saintes. Puis, s'étant bien étirée, elle se ramassait, ramenait tous ses muscles en place, et avec de menus mouvements insensibles et progressifs se tassait, toutes pattes pliées, couchée en couveuse; la tête un peu penchée, les yeux demi-clos, elle regardait le sol et elle s'immobilisait dans cette posture hiératique, mystérieuse, semblant songer ou se résigner, n'ayant rien à faire, rien à penser ni à préparer ni à prévoir, figée dans un néant inerte, un nirvana de bête, comme si elle s'était si précieusement installée et si minutieusement accroupie pour laisser passer sur elle le flux des temps et attendre, après une vie inutile qu'elle n'a pas demandée, l'heure indifférente de la mort.

Elsy recueillait des pierres précieuses que Tich débarrassait de leur gangue; le colonel Washburn inspectait le camp, prenait les mesures stratégiques qui serviraient en cas d'alerte.

Hayden et Norris, avec une escorte de six hommes, fouillaient les alentours. Ils purent se rendre compte que leur campement était le centre d'un secteur qui s'évasait en éventail vers deux grandes rivières (c'étaient la Firehole et le Gibbon) qui traversent les trois importants plateaux des geysers, Upper, Lower et Norris Geyser Basin ; ce dernier fut exploré et étudié spécialement par Norris, qui l'a baptisé.

Ils demeuraient quelquefois deux jours absents. Leurs hommes emportaient un fourgon de télégraphie militaire, et ils restaient ainsi en communication constante avec leurs amis.

Lorsqu'ils rentraient, ils racontaient les étranges phénomènes aperçus le long de la Firehole, les plateaux immenses, rose, blanc et or, les éruptions périodiques des bouches à eaux chaudes, les formes bizarres des cônes de geyserite à l'orifice des cheminées d'échappement, l'eau pure et invisible des bassins entourés de margelles de bronze doré, la rivière à la fois glacée et fumante, les formes variées et imprévues des jets, les rigoles sanguinolentes, les mares fumantes, les geysers de chaux, de soufre, de boue, les gueules soufflantes.

Hayden animait la conversation par son entrain et ses dissertations de spécialiste : les geysers le passionnaient.

— Les geysers, expliquait-il, sont un système de dépôts siliceux qui, au cours des siècles, forment une longue cheminée à travers le sol. Les eaux en sont alcalines, et contiennent en dissolution la silice qui dépose. La température du fond est plus élevée qu'à la surface. La chaleur est constamment fournie par le feu central. La caverne d'eau s'emplit de vapeurs qui, tendant à se dilater, chassent le liquide sous pression. Après l'éruption, le vide produit par la chasse d'eau se remplit, l'onde s'échauffe à nouveau, jusqu'au degré de pression qui l'expulsera, et ainsi de suite. Le liquide projeté dépasse le point d'ébullition, ce qui explique la poussée sous laquelle l'eau jaillit par le tube. Quant à la chaleur, Bunsen a démontré qu'elle est fournie par les roches ignées qui se consument à des profondeurs considérables. Elles échauffent les ondes météoriques qui stagnent à leur contact, et qui fusent par intermittence à travers la cheminée qui leur sert de cratère.

Ils conversaient ainsi savamment, mettant en parallèle les théories de Bischof, de Comstock, de Barin Gould et accumulaient les observations les plus précieuses, grâce auxquelles ils allaient apporter la plus considérable contribution à l'étude des geysers.

Mais, à tous leurs récits merveilleux, Mme Everts répondait :

— Et mon mari? Aucun indice?

— Rien!

— Attendons! Nous irons voir toutes ces belles choses quand il sera avec nous.

Norris observait que le camp serait plus en sûreté encore si on le reportait un peu à l'Ouest, le long des plateaux à geysers, où jamais aucun Indien n'oserait

s'aventurer. Mais Mme Everts se refusait à s'éloigner
de la rivière Yellowstone, puisque les billets placés
dans les corbeilles suspendues aux arbres recom-
mandaient au cher égaré de suivre le cours de ce
torrent. D'ailleurs, une ceinture de vapeurs les
entourait et suffirait à les protéger.

Au Sud, se dressait une haute chaîne de montagnes (on l'appelle Elephant Back) de 3,000 mètres.
Hayden en fit l'ascension et put, de là-haut, déter-
miner la topographie de toute la région. Il aperçut
le grand lac d'où sort la rivière Yellowstone, il suivit
le cours de celle-ci, jusqu'à une profonde cascade
qu'il devina aux embruns flottant dans l'air. Il se
rendit compte que la rivière des geysers (appelée
depuis Firehole river) lui est parallèle, à l'Ouest, et
il domina l'immense plateau tout fumant des solfatares. Aucun être humain ne paraissait dans ce large
panorama, silencieux et déserté.

A n'en pas douter, les Indiens devaient habiter à
l'autre extrémité de ce vaste lac, loin des merveilles
qui les épouvantaient. La vue était splendide, et
Hayden écrivait plus tard :

— C'est une des plus belles scènes que j'aie
jamais contemplées, une pareille vision est la récom-
pense de toute une vie !

Le grand lac dormait, véritable mer intérieure
de trente lieues de tour, aux rives creusées capri-
cieusement en cinq profondes baies, qui le font ressembler à une main ouverte. On y distinguait le

sillage de la rivière Yellowstone, qui le traverse, et les plaques dorées ou bronzées formées par les sources sulfureuses, alcalines et aluneuses de ses bas-fonds. D'une rive, l'œil n'apercevait pas la rive opposée. A l'Est, des cimes neigeuses faisaient étin-celer au soleil leurs glaciers silencieux. Le long des rives, des solfatares fumaient et déversaient leurs rigoles bouillantes dans l'eau glacée du lac. Des che-minées de geyserite affleuraient à la surface. Des îles verdoyantes flottaient sur les eaux bleues. A l'horizon, se dressaient de hauts sommets encore innommés; au-dessous des régions glaciaires, les pentes avaient des tons chauds, veloutés, pourpres, violets; le soir, le soleil couchant faisait les neiges roses. Et l'œil admirait les découpures et l'immensité de cette nappe d'eau, qui ressemble au lac des Quatre-Cantons vu au travers d'un télescope de géant.

Norris, de son côté, explorait la côte ouest de cette mer parfois soulevée en de violentes tempêtes. Il découvrit un autre lac plus petit (Shoshone Lake), et, entre les deux, une passe qui porte son nom : Norris Pass, sorte de brèche de Roland, échancrure de la ligne de partage des eaux, couloir colossal dont les murs sont à pic sur une longueur d'un demi-kilomètre.

Il longea la rive occidentale, en admira les plages de sable blanc, encadrées par des forêts où se jouent mille écureuils, et qui s'étagent jusqu'à près de 4,000 mètres jusqu'aux cimes du mont Shéridan et des Montagnes-Rouges. Les bords étaient creusés par

des puits pleins d'une eau invisible, aux bords
argentés, qui éclairaient par réfraction des profondeurs de 150 mètres. Des bassins dormaient, d'autres
frissonnaient, d'autres avaient par instants d'étranges pulsations convulsives; ici l'eau était bleue
comme la turquoise; là elle était verte comme l'émeraude; ailleurs, blanche, rouge, dorée, selon la
nuance des parois. Le regard plongeait dans des profondeurs mystérieuses et apercevait à travers le
cristal de l'eau des grottes tourmentées, des portails,
des palais, des arches, des frises de perles. Le fer,
l'alun, la chaux, la silice donnaient aux eaux, aux
pâtes brassées dans les cratères, toutes les teintes de
la plus merveilleuse palette.

Au fond d'une petite crique, la nature s'est plu
à composer un paysage à la Ruysdael. Dans un ravin
écume un torrent, dans l'ombre des pins, et sur
l'abîme elle a jeté un pont, une arche naturelle de
trachyte. Les empreintes des pattes constatent que
les fauves utilisent ce raccourci. Les deux faces du
pont sont tapissées d'un épais et long rideau de
mousses, de lichens et de fougères, que caresse l'é-
cume des rapides et de deux cascatelles. Norris
expliqua que c'était une ancienne cataracte : l'eau
a réussi à creuser la marche par-dessus laquelle elle
sautait, et elle passe à présent vingt mètres plus bas.

Il mena un jour Elsy jusqu'à ce coin pittoresque.
Elle en rapporta une provision d'agates, de corna-
lines, d'opales : elle les ramassa à terre parmi les
débris de lave et d'obsidienne. Ils revinrent au camp

en contournant par la vallée la masse de l'Elephant
Back.

Hayden avait fait monter les deux canots pliants
du fourgon, et ils firent d'admirables promenades
sur le lac Merveilleux dont ils ne voyaient pas la
fin. Ils allaient jusqu'à la plus prochaine des îles
(Stevenson Island) dont la végétation était touffue
et colorée, et, de l'autre rive, ils voyaient s'agrandir
à l'infini la nappe bleue du lac sans bornes. Le soir,
par les beaux clairs de lune, quand les étoiles scin-
tillaient d'un éclat inconnu dans les régions souillées
par l'haleine des hommes, ils se laissaient aller au
fil de l'eau et chantaient des cantiques à la gloire
du créateur. L'écho répétait avec stupeur le son des
voix humaines, qu'il entendait pour la première
fois.

Annie était surtout triste, en pensant à son père
et à son fiancé. Reverrait-elle jamais l'un et l'autre?
Elle éprouvait une pénible impression d'abandon et
d'isolement, comme si tout ce qui lui était cher avait
croulé autour d'elle. Et la petite chatte Pearl se
demandait pourquoi sa maîtresse lui laissait si longtemps un ruban sale autour du cou.

Washburn avait déplacé le camp pour l'étager sur
la pente qui monte de la Vallée Hayden au Central
Plateau. Là, il était mieux assuré contre les surprises. Il avait détaché quatre hommes, qui se
relayaient pour veiller à la crête sur les derrières
de ce petit oppidum, isolé par un fossé. Chaque matin
une reconnaissance descendait jusqu'au bord de la

rivière, pour s'assurer que ni Everts ni les Indiens n'étaient là.

Un jour Hayden et Norris, tout enfiévrés par leurs travaux de découverte le long de la Firehole, partirent pour un raid de reconnaissance plus complète sur le plateau supérieur des Geysers, là où sont les plus rares spécimens : le Vieux Fidèle, le Géant, la Ruche, le Lion, le Château, le Grotto, le Réversible, la Clepsydre.

Leurs hommes déroulaient derrière eux le fil télégraphique qu'on accrochait aux branches et qui servait à la fois à communiquer avec Washburn et à retrouver l'itinéraire du retour.

Absorbés par l'étude et le minutage des éruptions, ils négligèrent pendant plusieurs heures de demander des nouvelles. Quand ils y songèrent, le télégraphiste actionna vainement le cadran. Un peu pâle et tremblant, il se releva et dit froidement :

— Mon colonel, le fil est coupé !

Ce fut à la fois de la consternation et du désordre. Avec une hâte fiévreuse tout fut replié, rangé, chargé, et la petite caravane reprit la route du camp, anxieuse des embûches de la route et de l'état dans lequel on allait retrouver les amis.

— Le camp ne craint rien, fit Norris ; Washburn est là !

Tout le long du chemin il fallut battre les buissons, par crainte de surprise. Le fil se continuait sans solution.

— Il a été coupé près des nôtres, dit Norris.

— Peut-être dans le camp, ajoutait Hayden. C'est sans doute encore quelque tour de Folsom?

— Non, pas cette fois, dit Norris. Ecoutez! Ce sont les Indiens!

En effet, plus ils se rapprochaient, et plus distinctement ils percevaient le bruit d'une fusillade nourrie.

— Il y a longtemps que Pearl et Folsom seraient fusillés, avec un concert comme celui-là. D'ailleurs, leur escorte est faite des soldats de Washburn qui s'empresseraient, s'ils savaient de quoi il retourne, de faire leur protégé prisonnier.

— Pourvu que Washburn ait tenu bon!

— Oh! fit Norris, il faudrait des ennemis bien nombreux pour que les carabines de seize hommes n'aient pu les tenir en respect.

— Hâtons-nous, dit Hayden inquiet.

— Et ce pauvre Everts! où peut-il être à cette heure? ajoutait Norris tout ému.

— Ne désespérons pas, et en route, conclut son ami.

Et ils allèrent vers la fusillade.

IX

Les Nez-Percés

IX

Les Nez-Percés

La rive Sud du grand lac Yellowstone est à trente kilomètres de sa rive septentrionale. Cette masse d'eau forme un rempart suffisant entre les Terres Maudites des Génies et la population des Pawnies qui réside dans les montagnes du Sud-Est, le long de la haute Yellowstone, nom qu'elle prend avant son entrée dans le lac et autour des monts alors innommés : pic de l'Aigle, monts de Doane, Stevenson, Langford.

Des tribus indiennes habitaient ce dédale de chaînes rocheuses. Au Nord, les Bannocks avaient fait leur soumission et étaient devenus amis des blancs. Plus au Sud, les autres tribus luttaient encore pour leur indépendance, et l'armée fédérale n'avait pas eu raison des Nez-Percés, des Pieds-Noirs, des

9

Gros-Ventres, introuvables et insaisissables dans leurs maquis et leurs montagnes.

Ce matin-là, le grand sachem Aigle-Blanc, chef des Nez-Percés, regardait l'horizon, assis à la pointe du long promontoire qui s'avance comme un doigt entre les deux baies profondes dénommées depuis South Arm et South East Arm. Il regardait le lac immense et silencieux. A un demi-mille au large s'élevait un îlot escarpé, peuplé de pélicans dont les plumes flottantes ouataient la roche. A mi-hauteur de la colline, une entrée de caverne était dissimulée par des treillis de branchage. C'étaient les appartements privés du sachem.

Aigle-Blanc symbolisait la race, dont il avait le type pur. Le visage était couleur de brique, avec une expression complexe, le front bas et plissé dans une vague appréhension de l'inconnu, de l'avenir, des exterminations prévues; les yeux étaient bridés, tombants, et formaient à eux deux un léger circonflexe; des yeux étranges, pleins de mystère, avec un fond de causticité et tous les signes de la rapacité cruelle. Celle-ci apparaissait surtout dans la cambrure exagérée du nez, qui donnait au visage le profil d'un bec d'oiseau de proie. Les narines étaient grosses, et la pointe du nez, percée d'un anneau, se recourbait au-dessus de la lèvre glabre. Deux plis profonds ridaient les commissures de la bouche et répandaient sur la figure un air d'amertume, accentué par le mouvement des lèvres, qui s'abaissaient

de chaque côté. Les pommettes, saillantes et luisantes, donnaient à l'ensemble un air mongoloïde.

Les cheveux longs, noirs et lisses, tombaient sur les
épaules, serrés au haut de la tête par un foulard dans
lequel était piquée une touffe de plumes d'aigle blanc.
A son cou, un collier d'amulettes, de coquillages, de
pierres bleues et vertes, de griffes de couguar, répétait
les ornements des bracelets de ses poignets. Pour
les grands jours, il coiffait la couronne de hautes
plumes, qui descend derrière le dos jusqu'aux talons
par une longue échine de plumes tressées. Ses vêtements étaient de cuir et de cotonnades ; des bagues
grossières chargeaient ses doigts, qui tenaient une
pipe de bois rouge, incrustée de petites pierres et de
plaques d'argent. Il était de très haute stature.

Sa femme, Walla, qui fut tuée six ans plus tard
dans un engagement contre l'armée fédérale, était
grande, déjà vieille, ridée, bien qu'elle n'eût pas
plus de trente-cinq ans.

Ils avaient une fille fort intelligente, Médora, qui
installa plus tard un Indien store, près des hôtels
neufs de Niagara Falls. Elle parlait le yankee, et
c'est elle qui négociait les affaires avec les trappeurs
canadiens, à leur retour des Montagnes-Rouges,
quand ils rentraient chargés de gibiers et de peaux.
Elle entamait les négociations, qui n'allaient jamais
bien loin, car les Nez-Percés finissaient toujours par
tuer et par dépouiller le pauvre commerçant. Médora
avait du moins eu la satisfaction de causer avec eux,

et d'apprendre par eux quelques nouvelles du monde extérieur.

Etrange fille! Brune, avec de beaux cheveux crépus et d'un noir intense, elle avait des traits réguliers et eût passé pour belle, même sur le vieux continent. La figure était plutôt ronde qu'ovale, avec un joli menton à fossette, des lèvres rouges bien dessinées, le nez arqué, fin, frémissant, aux narines diaphanes et nacrées; le teint était à peine brun, et la teinte foncée des cheveux le faisait paraître presque clair. Les yeux étaient merveilleux, veloutés, doux, souriants, avec de longs cils palpitants et des sourcils gracieusement courbés, yeux noirs et profonds où se reflétaient la pureté millénaire d'une race séparée des mondes civilisés, le mystère des forêts et des lacs, la simplicité primitive, l'ingénuité, la sensualité naïve, la gaîté sans ambition ni soucis. Vive, rieuse, de taille bien prise, pas très grande, avec des épaules accomplies, des bras charmants, des mains petites et très soignées, c'est-à-dire peintes et tatouées, elle était une délicieuse créature qui mettait de la jeunesse, de la grâce, de la vivacité, de la bonté dans ce clan de laids visages.

Elle était fiancée à un jeune Nez-Percé, qui n'était pas beau au sens ordinaire de notre esthétique européenne, mais qui ne lui déplaisait pas, parce qu'il était agile et courageux; il connaissait toute la montagne et savait mener les plus belles chasses; les griffes des couguars qu'il avait tués faisaient une sonnaille autour de son cou, et toute la tribu contait encore sa lutte contre un ours grizzly, type terrible, fréquent, énorme, des ours des Rocky Mountains. Il gagnait à la course l'antilope et l'élan et forçait les buffles sauvages, en les prenant aux cornes, à s'agenouiller devant lui. Il abattait les aigles et savait préparer les peaux de renard bleu. L'anneau de son nez était d'argent ciselé et constatait son goût et sa richesse. Il s'appelait Mahawk.

Aigle-Blanc, du haut de son promontoire, regardait tantôt les eaux calmes et bleues, tantôt les huttes de ses sujets, massées sur la prairie ondulée, abris de paille et de bois exhaussés au-dessus du sol, par précaution contre la neige et les fauves, et coiffés d'un toit de chaume en pointe. Il vit qu'il y régnait une certaine agitation, et il frappa sur un gong. Aussitôt accoururent ses grands dignitaires : c'étaient Yubo, médecin, sorcier, prêtre du Grand-Esprit et apothicaire, versé dans le secret des plantes et des dieux ; Pélican-Rouge, chef des soldats, forgeron, armurier et charron, qui savait réparer un fusil et cercler de fer une roue de chariot ; Fumée-Noire, chef de la flotte, en tout, trois canots d'écorce pour traverser les fiords sans en faire le grand tour par terre ; Brume-Bleue, le musicien, qui excellait à frapper les cordes d'un luth sauvage et à réciter les poèmes transmis par les aïeux ; Bois-Brûlé était préposé aux cuisines et Eau-Claire était habile à confectionner les vêtements. Telle était la Cour. Le reste était la tourbe des guerriers et leurs familles.

Chateaubriand assure que son guide Indien savait

distinguer, à dix kilomètres, en collant son oreille à
terre, le pas d'un homme blanc et celui d'un Indien,
et il explique que le pas d'un blanc est plus lourd
parce que les gens de cette race mangent davantage.
Ou l'auteur des Natchez s'est gaussé de nous, ou l'on
s'est gaussé de lui, ou bien cette précieuse faculté
s'est retirée des talents rares des Peaux-Rouges, car
Aigle-Blanc ni Mahawk n'en étaient doués.

En 1871, c'en était bien fini des Indiens tels que
Chateaubriand les a vus, et surtout étudiés dans des
relations parues vers 1780. Bannocks, Pieds-Noirs,
Nez-Percés, Assiniboines, Croux, Gros-Ventres,
avaient fait connaissance avec leurs frères de l'Est,
qui avaient juré leur extermination. Dans le Montana, l'Idaho, l'Utah, la Nébraska, le sol se hérissait
de forts qui gardaient les tribus vaincues, et prison-
nières dans les Réservations. Partout où des mines
d'or avaient amené des orpailleurs et des *prospec-
teurs*, partout où des voies ferrées avaient été nécessaires, partout où des centres de pionniers ou de
cowboys s'étaient formés, l'armée fédérale avait
dégagé la place en tuant et en chassant l'indigène :
c'est la forme ordinaire des missions civilisatrices.

Seul, le Wyoming était demeuré inexploré, et
quelques dernières tribus y vivaient à l'abri des montagnes neigeuses. Mais ce n'étaient plus les sauvages
d'antan et la plupart d'entre eux parlaient anglais.

L'agitation que le sachem avait remarquée parmi
les huttes était causée par l'arrivée d'une vingtaine
de Nez-Percés qui amenaient des captifs, surpris à

quelques milles de là : c'étaient Everts, Portneuf et Fonteneille.

Quand ils s'étaient mis en route vers la Yellowstone river, ils furent trompés par le quadrillage compliqué des vallées, et la rivière qu'ils remontèrent les ayant amenés à un lac, ils s'aperçurent, trop tard, que ce n'était pas le lac rêvé. En réalité, ils avaient trop incliné à l'Ouest, et ce fut le Shoshone Lake qu'ils trouvèrent. Ils en firent le tour, et Everts nota sa position sur la crête de la ligne de partage des eaux entre le Pacifique et l'Atlantique, vers lesquels ses deux pointes s'inclinent diversement.

Comme ils tentaient de s'orienter à nouveau vers l'Est, ils comprirent qu'ils étaient descendus trop au Sud et qu'ils avaient quitté la région inhabitée. Près de Riddle Lake, ils furent rejoints par un groupe d'une cinquantaine de Nez-Percés, contre lesquels ils firent le coup de feu. En se dissimulant derrière les arbres ils purent en abattre une trentaine. Alors, leurs munitions furent épuisées. Les Indiens, aussitôt que leur feu cessa, se précipitèrent : dans le corps à corps, plusieurs tombèrent frappés de coups de poignard, mais le nombre l'emporta et les lassos firent le reste. Malgré le carnage, les Nez-Percés se gardèrent de tuer les blancs, se réservant la joie d'apporter au sachem une prise vivante.

Avec des cris et des chants de guerre, ils approchèrent des huttes, escortés par un grand nombre de leurs camarades venus à leur rencontre.

Aigle-Blanc et les vieillards étaient assis sur des

troncs d'arbres au milieu de la place du palabre, qu'encadraient la hutte royale, toute décorée de ramures énormes d'elkes, et le temple des idoles. Les prisonniers gardaient un air d'assurance qui fit impression sur le Conseil. Everts était au fond très anxieux, car il ne voyait pas quel intérêt le sachem aurait à les relâcher. Portneuf échangeait avec lui des paroles d'encouragement attendri. Fonteneille n'avait rien perdu de son entrain, et paraissait ravi de cette aventure romanesque, regardant, observant, raillant les types grotesques, les idoles burlesques ; quand il aperçut Médora, il s'écria :

— Sapristi ! le beau brin de fille !

Médora sourit, et ses beaux yeux s'illuminèrent d'un rayon qui la rendit plus belle.

Cependant les vieillards délibéraient. Ils interrogèrent les captifs, qui leur expliquèrent la genèse, l'organisation et le but pacifique de leur entreprise. Les avis à leur sujet furent aussitôt partagés.

Aigle-Blanc n'était pas d'avis de les massacrer. Pour eux, les ennemis étaient les soldats de l'armée fédérale. Quant aux mineurs, trappeurs ou savants, ils ne nuisaient pas à la race indienne et on pouvait examiner leur procès.

Yubo, le sorcier-médecin, fit un discours dans lequel il représenta le sacrilège commis par ces hommes blancs, qui avaient osé profaner la terre des Génies, terre vénérable et redoutable dont ces impies avaient violé le mystère et le respect.

— « Craignez tout, ajoutait-il, de la colère des

Génies, qui mesureront leur châtiment à votre faiblesse. »

Pélican-Rouge demanda des renseignements précis sur le campement du reste de la mission. Il voulut savoir qui en faisait partie, combien de femmes, combien d'hommes, et un éclair passa dans son regard quand il connut que des soldats de l'armée fédérale les escortaient.

— Le sang de nos pères hurle vengeance, dit-il, et nous devons massacrer ce détachement comme il nous massacrerait s'il pouvait nous surprendre.

Fumée-Noire fut d'avis qu'il fallait aller attaquer et réduire ces représentants d'une race honnie.

Devant tant d'avis divers, Aigle-Blanc consulta les suffrages. Il fuma sa pipe, en disant qu'il fallait laisser ceux-ci vivants, pour s'en servir comme de guides et de boucliers. On les ferait marcher en tête pour empêcher les fédéraux de tirer. Ce serait d'utiles otages.

La pipe circula autour du rond des conseillers. Ceux qui se rangeaient au conseil du chef fumaient aussi. Ceux qui passaient la pipe sans la porter à leurs lèvres manifestaient ainsi qu'ils votaient pour la mort immédiate.

Les prisonniers regardaient angoissés circuler la pipe funèbre : trois voix seulement les condamnèrent.

Ils furent attachés solidement à des poteaux, et attendirent. Ils étaient trop éloignés l'un de l'autre pour pouvoir converser. On leur apporta une calebasse de bouillie de manioc, qui fut le menu de leur souper. Le soir, on détendit les cordes pour leur permettre de s'étendre sur le sol. Des Indiens les entouraient et les gardaient. Everts sentait le désespoir le gagner, il regrettait de n'être pas mort sur le plateau des geysers. Portneuf envisageait tristement la situation. Quand à Fonteneille, il était plus agréablement occupé. Médora, entourée de quelques amies, était venue près de lui, pour le regarder, et son air parut ne pas lui déplaire. Ils causèrent, et bientôt ils semblèrent s'entendre. Fonteneille lui racontait les péripéties de leur route, et elle l'interrogeait. Elle était surtout émerveillée par ce qu'il lui racontait de l'Europe, de la France, de Paris et du reste du monde. Elle faisait de petits cris, de menus rires avec des battements de mains. Mahawk vint de ce côté, et cette joie lui déplut, car il dit :

— Le blanc est trop bavard! il faudra que je lui cloue la langue.

Médora se tut et s'en alla; Fonteneille fut réjoui par cette marque d'intérêt.

Les jours suivants, dès que Mahawk était parti à la chasse, elle accourait. Quoique sauvagesse, elle était bien femme, puisqu'elle attachait à présent du prix à ces entretiens, parce qu'ils étaient dangereux et défendus.

Ce qu'elle entendait de Paris l'amusait fort, et elle ne tarissait pas de questions sur les Parisiennes, leurs chapeaux, leurs robes, leurs bijoux, leur genre de vie. Il lui paraissait plaisant qu'on mît des bas, des gants, qu'on s'enfermât dans des voitures comme dans des caisses, qu'on portât des souliers et qu'on changeât de robes plusieurs fois par jour. Leurs façons de dîner, d'aller au théâtre entendre des histoires mensongères, de se promener pour être regardées, de mentir à leurs maris, de se décolleter le soir et de se vêtir le jour, de commencer à vivre à l'heure où les astres se lèvent, de se réunir chez des marchands de victuailles appelés restaurants, pâtissiers, lui parurent des plus bouffonnes. Elle devint plus sérieuse quand elle entendit parler des chemins de fer, du télégraphe, et elle se recula, effrayée comme devant des pratiques de magie, au récit de tous ces progrès. L'invention des journaux lui sembla la plus comique manifestation de la curiosité inutile. Elle se faisait décrire les instruments de musique; le piano lui représenta le chef-d'œuvre des divertissements, et elle souhaita d'en avoir un.

Elle s'informait de l'aspect des maisons, des meubles, demanda quels mets on mangeait, ce qu'on buvait, de quoi se composait le costume d'une femme, ce que c'était que du linge, des bottines, des bonbons, de quelle manière se faisaient les enterrements, les présentations de mariage; les fiançailles de jeunes gens qui ne se connaissent pas la scandalisèrent : « Vous êtes plus sauvages que nous », disait-elle. L'uniforme des officiers lui fit l'effet d'être fort congru. Elle ne comprit pas la futilité des peintres qui passent leur vie à reproduire la nature, quand la nature offre elle-même ses plus beaux spectacles, et elle se moqua de ces femmes qui fabriquent ou portent des fleurs artificielles, puisqu'il y a des fleurs vraies. Fonteneille lui apprit le langage des fleurs, et elle le trouva charmant. L'imprimerie ne lui entra pas dans l'idée; le papier et l'écriture l'enchantèrent, et elle traçait comme un enfant des lignes avec un crayon sur le carnet que Fonteneille lui avait donné. Elle demandait si les danses étaient les mêmes là-bas, et elle jugea la valse comme une vilaine chose inexpressive. Elle se mit à danser, et c'était une mimique délicieuse, à la fois tendre et voluptueuse, où tout le corps, les bras, les mouvements de la tête et des doigts disaient l'amour et l'appel le plus tendre.

Elle raffola de son charmant prisonnier, elle prit peur des menaces de Mahawk, devenu soudain plus sombre.

Elle allait voir aussi les autres captifs, tâtait l'étoffe de leurs vêtements, s'amusait de leur lunette d'approche, des appareils qu'on leur avait saisis. Fonteneille lui offrit de faire sa photographie. Elle eut peur d'abord de cet objectif semblable à une gueule d'arme dangereuse. Son père permit que le captif fût délié pour opérer sous une étroite surveillance. Quand Médora vit son image, elle fut bouleversée, et les autres Indiens prirent de Fonteneille une idée si avantageuse qu'elle confinait au respect et à la terreur.

L'état d'âme de nos captifs n'était pas dans une trop basse dépression.

Fonteneille avait retrouvé toute sa bonne humeur

de Parisien émoustillé par le voisinage d'une jolie
fille. Les Français ont un tel culte de la beauté que
rien n'illumine leurs heures les plus noires comme
un rayon et un sourire de jeunesse et de grâce. Il
plaisantait, bavardait, riait, comme à une partie de
plaisir; il mettait toute sa coquetterie à émouvoir le
cœur d'une sauvagesse, avec la conscience qu'il eût
apportée à flirter pendant un bal.

Le Dr. Everts ne laissait rien paraître de ses
angoisses paternelles et conjugales et, aux jours les
plus difficiles, il remplissait les devoirs de sa mission
avec une lucidité qui eût pu sembler de la dureté,
si à certaines minutes le tremblement de la voix
n'eût révélé le grand et profond travail de ses émotions énergiquement maîtrisées.

Portneuf n'avait pas moins de vaillance, et les
situations les plus désespérées ne lui enlevaient rien
de la conviction où il était qu'il retrouverait sa chère
Annie pour lui faire partager l'ardeur d'une affection
désormais cimentée pour la vie par le danger,
l'anxiété et la communauté des épreuves. Il y a dans
la nature humaine une incroyable dose d'assimilation
aux circonstances, et on finit par vivre dans l'angoisse ambiante comme dans une atmosphère nor-
male dont l'habitude émousse l'âpreté.

A quelque temps de là, vint la date d'une grande
fête; on allait célébrer le Génie des Brumes, à l'endroit où la Yellowstone, à quinze kilomètres de sa
sortie du lac, se précipite par une cascade splendide
dans la vallée d'Or, aujourd'hui appelée Grand-

Cañon. Jadis cette cérémonie comportait l'immolation d'une victime. Un prisonnier de guerre était garrotté au fond d'une pirogue d'écorce qu'on jetait à l'eau à l'endroit où le fleuve se précipite, entraîné déjà par les premiers appels de la chute. L'embarcation et son malheureux passager disparaissaient dans le tourbillon ; tout était broyé, émietté, anéanti, on n'en retrouvait rien parmi les rapides de la vallée inférieure. Depuis la guerre contre les blancs, cet usage avait disparu, les sachems et les prêtres estimant que les carabines Winchester et les mitrailleuses envoyaient au Génie assez de victimes pour le contenter.

Mais la tradition demeurait d'aller ce jour-là aux chutes pour fêter le Génie par des danses, des chants et des fleurs.

Toute la tribu se mit en marche, d'abord le long de la rive Est du lac, puis, pour éviter le coude que fait le fleuve, par la vallée du Sour Bluff Creek, qui se jette dans la Yellowstone environ cinq kilomètres avant la chute, en face de Hayden Valley où campait la mission Everts.

Aigle-Blanc n'avait pas négligé d'envoyer des éclaireurs reconnaître ce campement. Il sut où il se trouvait, et s'assura qu'il se composait effectivement, comme avait dit Everts, de deux femmes, de deux jeunes filles, de trois hommes et d'une vingtaine de soldats, souvent réduits à quinze, quand deux des blancs prenaient une escorte pour aller vers la terre infernale. Ses estafettes se glissaient entre les branches, rôdaient, invisibles avec leur couleur d'écorce, et tenaient le conseil au courant des habitudes des ennemis.

Un parti si faible devenait une proie facile. La fête des chutes aurait cette fois un objet : bénir les armes des Nez-Percés qui allaient offrir au Génie l'holocauste d'une vingtaine de blancs réunis là, à leur merci.

Le cortège s'allongeait en file dans la vallée. Les prisonniers, garrottés et entourés, marchaient devant. Puis venaient les idoles portées par de jeunes Indiens, des idoles hideuses, taillées bizarrement dans des troncs d'arbres, en façon de serpents entortillés qui se terminaient par des têtes monstrueuses ; ou bien c'étaient des superpositions de bustes mal équarris ; des taches marquaient les yeux, les bouches ; l'ensemble présentait une polychromie sauvage où les bleus intenses, le noir, le vermillon, le blanc se juxtaposaient sans dégradé ni art ; les figures grimaçaient, les bras semblaient d'informes moignons, les poitrines féminines dardaient des seins pointus et les aines des hommes avaient des obscénités ridicules. Gravement, les jeunes gens portaient ces lourdes solives parmi lesquelles Yubo, les yeux clignottants, trottinait avec vanité : car lui seul avait le secret du langage de ces dieux de bois.

Aigle-Blanc, entouré de ses fidèles vieillards, chevauchait en fumant, le fusil au bras, et son arête de plumes raides hérissait son dos robuste. Sa femme suivait à pied, portant avec religion le brandon embrasé qu'elle ne devait pas laisser éteindre, pour allumer les feux aux étapes. Médora et ses amies vagabondaient sur les côtés, et souvent la princesse se rapprochait des prisonniers pour échanger quelques mots avec son ami de Paris. Mahawk, alors, serrait rageusement la crosse de sa carabine, qu'il était tenté de décharger sur le maudit blanc. Mais il n'osait désobéir au sachem, qui avait ordonné qu'on ménageât et qu'on conservât ces boucliers vivants qu'étaient les captifs.

Le second jour, la horde déboucha de la vallée sur les bords du ravin où la Yellowstone se précipite en mugissant.

Les prisonniers furent attachés aux arbres de la corniche qui surplombe la chute.

Si quelque chose put atténuer la douleur de leur situation, ce fut le splendide spectacle qui s'étala sous leurs yeux. C'était le Grand-Cañon.

A droite, la rivière Yellowstone se précipitait en un flot de quarante mètres de large à une profondeur de cent vingt mètres. Sa masse était resserrée entre des éboulis de roches basaltiques qui en exaspéraient le tumulte désordonné en les comprimant. Le fleuve demeurait comme suspendu dans le vide, soutenu par l'élan de sa course, puis s'arrondissait en une courbe gracieuse, irisée par le soleil, et retombait de tout son poids à cent mètres plus bas, creusant le bassin qui le recevait. Comment imaginer ce conflit colossal, ces tourbillons monstrueux, ce fracas de tonnerre, ces opaques nuées d'embruns qui remontent plus haut que le plateau de départ et font ressembler la chute à un vaste incendie? Le soleil se jouait dans les milliers de gouttelettes qui voltigent et remontent à mi-chemin de la longueur de leur saut, étincelles liquides qui mettaient sur le fond blanc d'écume les plus riches teintes de toutes les pierres d'Arabie.

En bas le torrent roulait, se tordait, se pressait entre les parois résistantes de son chenal trop étroit. La déclivité de son lit accroissait la fureur de ses eaux précipitées et bouillonnantes, déchirées et projetées contre les rocs inébranlables et aigus.

Le ravin était profond, abrupt, inaccessible. D'un côté, une pente raide, en face, un mur à pic. Ce qui émerveillait les pauvres captifs, c'était la gamme inexprimable des tons dont cette dépression se colorait jusqu'à l'horizon. C'était invraisemblable, fantastique. Presque pas de buissons : deux murailles dorées, irisées, blanches et roses, avec des arêtes patinées, des plaques bronzées, des taches d'ocre.

Fonteneille retrouvait des forces pour admirer tout haut :

— Voyez, si l'on ne dirait pas un gigantesque papillon dont le corps baigne dans le torrent et dont les grandes ailes à demi relevées tapissent ces berges colossales.

Oui, on eût dit deux ailes gigantesques lamées d'or, serties d'émaux ténus, de nervures délicates et translucides. Des aigles tournoyaient à mi-hauteur. Les pentes étaient des nappes de floraisons étince-

10

lantes, avec des plis amples, trouées par des colonnes
de basalte qui dressaient leur masse noire sur ce
champ diapré, droites comme des hanaps sur une
broderie. C'étaient, du haut en bas, des traînées de
gemmes, des coulées de poudres éclatantes, étalées et
comme lavées à grande eau pour préparer le fond d'une
colossale aquarelle. Des lisérés noirs soutenaient des
zones mauves, des stries faisaient jouer toute la
gamme claire, du rose au vermillon, du bleu topaze
au vert émeraude, du blanc de lis au bleu d'acier.
Admirable débauche de teintes et de nuances! Et quel
joaillier avait déversé là des millions de gemmes sur
un tapis de velours brodé? Des campaniles surgis-
saient çà et là, cabochons colossaux de cette broderie.
A la pointe de ces roches aiguës, des aigles avaient
leurs nids. La paroi d'en face était moins lisse, plus
accidentée, avec de beaux jeux d'ombre et de lumière
sur cette surface froissée, bouillonnée, chiffonnée et
riche également en tons délicieux. Des rocs brunis
et patinés étaient des repaires de vautours.

Everts faisait trêve à sa douleur en contemplant
ce spectacle, l'un des plus beaux qui soient sur toute
la surface de la terre, cette peinture murale de quatre
kilomètres de long, marouflée par la nature sur la
colossale architecture de ce ravin que ferme
l'effrayante muraille bombée, liquide et tonitruante
du fleuve, sautant d'un seul coup pour s'élancer vers
ces merveilleuses féeries, auxquelles le soleil a mis
ses ors, le ciel son azur, les roses leurs pétales et les
couguars le sang des antilopes légères.

L'admiration, la curiosité faisaient une telle diversion à la douleur d'Everts, qu'il l'oubliait pour étudier scientifiquement le phénomène coloré qui s'étalait sous ses yeux, et il en trouvait l'explication et la théorie, et la joie renaissait dans son cœur de savant. Il évoquait le passé de ce vaste bassin. Jadis, toute la région était un immense lac ayant pour margelle la ceinture des hautes montagnes qui l'entoure. Quand les eaux se retirèrent, elles laissèrent de nombreux dépôts, et le grand lac de la Yellowstone est le vestige réduit de cette immense mer d'autrefois. Everts reconnaissait la nature du sol, un fond inattaquable de basalte fort dur, et une couche plus tendre de silice d'une épaisseur de deux ou trois cents mètres, à travers laquelle le fleuve s'était frayé son lit, creusant le ravin coloré au pied de la grande marche basaltique qui sert de tremplin à la cascade. Il discernait les stries parallèles qui s'enfonçaient dans le sol jusqu'au feu souterrain; primitivement toute cette silice était blanche, les siècles l'ont rosée et polie. Et il admirait cette incomparable fantasmagorie tout épanouie de lumière, de couleurs et de soleil.

Cependant, les prêtres conduits par Yubo avaient fiché les idoles en terre, et la cérémonie sacrée était célébrée dans le vacarme de la chute qu'habite le Génie. Des jeunes gens avaient répandu à terre des grains de maïs; les jeunes filles avaient effeuillé des fleurs; un servant frappait à rares intervalles l'une contre l'autre deux crotales de cuivre qui tintaient comme un glas. Des chants sourds résonnaient, des guerriers dansaient autour des poteaux peints des idoles, et devant les prisonniers, en agitant leurs arcs et leurs carabines démodées.

Le soir tomba, et le soleil couchant aviva mille feux sur les broderies de la vallée.

Quand il fut nuit sombre les trois captifs, assis sur un tronc d'arbre auquel ils furent liés, échangeaient de tristes réflexions sur leur sort, quand Fonteneille se sentit touché à l'épaule par une main légère. Il tourna la tête autant que ses liens le lui permirent, et il reconnut Médora, qu'un rayon de lune auréolait; elle était belle ainsi dans la clarté bleuâtre, souriante, un doigt sur la bouche. Sans dire un mot, elle coupa avec un poignard les liens de son ami, et lui fit signe de la suivre. Fonteneille comprit que c'était le salut, mais il n'en voulut pas pour lui seul et, saisissant le poignard, il délivra Everts et Portneuf. Médora le laissa faire en haussant les épaules d'un mouvement qui semblait dire :

— Oui, mais ce sera plus difficile!

Après un jour de danses et de libations, les Indiens dormaient d'un sommeil lourd, et la surveillance des captifs était relâchée, car ils étaient à présent voués au Génie des Brumes, qui ne permettrait pas leur évasion. Mais l'amour d'une femme est plus fort que la foi même, et Médora s'intéressait à Fonteneille avec une naïveté franche et dévouée. Elle était supérieure par la réflexion au milieu où elle vivait. Elle avait beaucoup causé avec les trappeurs canadiens;

elle soupçonnait d'autres cieux, d'autres mœurs ;
elle était hardie, courageuse, décidée, et Yubo se
désolait de lui trouver des tendances d'esprit fort.
Elle médita de se sauver, de laisser là Mahawk et ses
sauvages, et d'aller voir du pays avec le Parisien que
le Génie lui amenait.

Les captifs avaient été liés au bord de l'abîme,
devant la cascade. La tribu campait derrière eux.
Ils étaient investis de toutes parts. Médora leur fit
signe de se glisser sous les broussailles tandis qu'elle-
même feignait de se promener dans la clarté de la
lune. Les Indiens couchés de ce côté entendirent du
bruit, regardèrent, et en apercevant la fille du
sachem, ils se rendormirent sans soupçon.

X

La Poursuite

X

La Poursuite

Dès qu'ils se furent éloignés, les fugitifs prirent leur course en remontant le fleuve, qu'ils purent passer à gué beaucoup plus haut, quand l'aube parut. Ils comptaient pouvoir rejoindre le camp de la mission. Mais dès qu'il fit jour, ils virent que l'alarme avait été donnée, et qu'ils étaient poursuivis. Une vingtaine de cavaliers indiens accouraient à l'horizon.

Les évadés songèrent d'abord à se mettre en sûreté, et leur course les amena dans la vallée de la Firehole, toute fumante de geysers. Le peloton des Indiens qui les avait suivis à la piste y déboucha presque en même temps qu'eux, Mahawk en tête.

— Cela va mal fit Fonteneille.

Ses amis et lui n'eurent que le temps de se masser derrière un rocher de forme bizarrè, plat d'un côté, avec une façade en hémicycle, tourmentée et creusée en arcades, en cavernes, autour d'un gros pilier isolé. Ils se dissimulèrent derrière la face unie, tandis que le peloton des Indiens arrivait au pas de course et criblait de balles ce monument fantastique tout constellé de perles d'opale. A droite et à gauche, comme deux ailes, deux murailles de basalte formaient un bastion naturel.

Ce fut une minute tragique. Les captifs étaient acculés au fond de cette cave profonde, et l'ennemi était trop près pour qu'ils pussent tenter d'en escalader les barrières. Déjà les premiers Indiens avaient surgi sur le faîte de la façade, autour du gros pilier isolé. En tête, Mahawk riait d'un mauvais rire, montrant ses dents blanches, et sûr de sa proie.

Médora, d'un ton décidé, dit :

— Ils ne tireront pas !

Et elle fit placer derrière elle les trois hommes qui n'avaient ni armes, ni abri, et qui étaient à la discrétion des assaillants.

Mahawk rugit, releva son fusil, et cria l'ordre de ne pas tirer. Deux ou trois coups de feu partirent pourtant, et les balles effleurèrent le groupe serré. Le chef commanda le silence.

Debout sur la plus haute des pointes du portail, les bras croisés sur le canon de son fusil, il demeurait immobile, attendant le moment où une distraction, ou bien la fatigue, romprait la ligne de protection des assiégés que Médora, les bras étendus, défendait.

— Médora, lui dit l'Indien, pourquoi es-tu avec les ennemis de ta race ? Rappelle-toi nos ancêtres et nos amis exterminés dans la Prairie par les mitrailleuses des blancs! Songe à la honte que tu mets sur ton nom, quand nos descendants diront que tu as trahi les tiens! Songe à Mahawk qui t'aime, et qui te pardonnera si tu viens le rejoindre ici pour nous livrer ces hommes de malheur! Souviens-toi qu'à la lune prochaine nous pourrons célébrer le mariage, et je t'apporterai les pierres les plus brillantes et les plus rares de la montagne, et ta hutte serait la plus parée, car je la tendrai toute de peaux de couguars et de fourrures d'ours grizzly tués par moi. Et les plus anciens de la caste souriraient avec admiration en te voyant passer, et ils salueraient de leurs doigts noueux la plus belle et la plus désirable des jeunes femmes de la Yellowstone.

— Mahawk, répondit Médora, tes paroles sont aimables et séduisantes, mais ce que tu fais est lâche. Ceux-ci ne sont pas des soldats de l'armée blanche, et ils n'ont jamais massacré les nôtres. Ils parcourent le pays sans nous nuire et ils savent de jolis contes. Il n'est pas digne de ton courage d'attaquer trois hommes et une femme avec cinquante compagnons, et si tu ne leur donnes pas la vie sauve, je te mépriserai et te retirerai ma parole de fiancée.

— Médora, reprit le jeune chef, pourquoi éprouves-tu aujourd'hui cette pitié nouvelle? Jamais tu n'as témoigné tant de sympathie pour les trappeurs que nous avons capturés. Avoue qu'un sentiment nouveau te porte vers l'un de tes compagnons, et c'est lui surtout dont le péril te trouble.

— Et quand cela serait? je ne suis pas unie à toi.

— Misérable! rugit Mahawk.

Et il agita sa carabine, fou de fureur. Alors Fonteneille et Portneuf se découvrirent, et s'exposant au
feu, ils protestaient :

— Il ne sera pas dit que des Français auront
exposé une femme !

— Tire !

La carabine de Mahawk changea aussitôt de direction, et visa Fonteneille qui agita gaiement son
chapeau.

A ce moment précis, comme tous les Indiens
massés sur la crête allaient faire feu et massacrer
les deux imprudents, une détonation éclata et se
prolongea en un long roulement. Les captifs
fermèrent les yeux, croyant entendre la décharge de
toutes ces armes.

Quand ils les rouvrirent, ils s'étonnèrent de n'être
pas touchés, et leur surprise s'accrût au spectacle
qu'ils avaient devant eux.

Le rocher était le faîte architectural d'un geyser
qui faisait soudain son éruption. Par toutes les
arcades, les baies, les excavations, les galeries, les
déhiscences, un énorme bouillon d'eau chaude
s'échappa avec un bruit de tonnerre dans des nuages
de vapeur. Ce fut un orage subit et brûlant. Les
gerbes fusaient en tous sens, se croisaient, se
choquaient, s'arcboutaient, s'évasaient dans un inextricable enchevêtrement, toutes dirigées en avant et
de côté. Les fugitifs voyaient à deux pas gicler en

mugissant ces torrents fumants, et ils n'en recevaient pas une gouttelette.

Le phénomène dura dix minutes. Everts, tout à la science, ne songeait plus à sa situation et s'approchait curieusement pour étudier cette manifestation hydraulique.

Soudain le jet cessa. La buée se dissipa. Et l'on vit ceci: Couchés sur les rocs tourmentés de la façade, comme des fourmis ébouillantées, des Indiens gisaient brûlés et asphyxiés. Ceux qui avaient pu s'échapper avec quelques brûlures seulement s'enfuyaient clopin clopant, se jurant bien de ne plus tenter le territoire du Mauvais Génie, dont la respiration était si délétère. Des carabines jonchaient le sol.

Accroupi sur le faîte du gros pilier isolé, Mahawk ne donnait plus signe de vie. Médora se précipita vers lui avec un élan qui prouvait qu'elle l'aimait plus que ses manières coquettes ne le laissaient penser. D'un bond, Fonteneille et Portneuf furent auprès d'elle. Ils constatèrent que le jeune Indien vivait encore. Par une circonstance providentielle, ce faîte isolé sur lequel il était juché devait se trouver au centre de la coupole humide, et à l'abri des courbes d'eau qui retombaient tout autour. Mahawk n'avait sur le corps que quelques blessures légères; il avait éprouvé un commencement d'asphyxie et une syncope de peur. Les fugitifs le transportèrent au bord de la rivière voisine et le firent revenir à lui. Quand il rouvrit les yeux, il eut une expression

d'effroi en se voyant entre deux hommes blancs.
Fonteneille lui fit un signe amical, lui prit la main
et la mit dans celle de Médora. Avec la spontanéité
naïve et vive des natures sauvages, Mahawk se pros-
terna dans l'attitude de la soumission et du
dévouement.

— Bravo, fit Portneuf, vous voilà maintenant un
trio d'amis.

— Et cela est très parisien, dit Fonteneille.

Quant à Everts, insoucieux et oublieux du danger,
il étudiait le geyser, sa forme, la composition de son
architecture et ses alentours, en répétant :

— Prodigieux ! Merveilleux !

Il fallut lui rappeler qu'on ne pouvait demeurer là.

Ils prirent plusieurs carabines qui traînaient à
terre, firent une provision de munitions qu'ils trouvèrent sur les cadavres des Indiens, et ils continuèrent à cinq la route vers la Yellowstone, qu'ils
avaient commencée à trois.

XI

Assiégés !

XI

Assiégés!

Lorsque Hayden et Norris, émus par la rupture du câble télégraphique, eurent atteint le faîte du plateau d'où la vue domine Hayden Valley, ils comprirent aussitôt toute la gravité des circonstances.

Leur camp était investi.

Après l'évasion d'Everts et de ses deux compagnons, aidés par la jeune indïenne Médora, Aigle-Blanc était entré en fureur. Il savait où se trouvait le camp de la mission, et il jura de l'exterminer, à la grande joie de ses hommes qui se réjouissaient devant la perspective de piller les bagages et de tuer sans danger un petit groupe de ces maudits envahisseurs.

La tribu passa le fleuve en amont et s'aventura dans la vaste plaine que le camp dominait.

11

Elle avançait à découvert; elle fut aperçue de loin et signalée par les vedettes. Aussitôt le colonel Washburn prit toutes les dispositions de défense. Les seize soldats qui lui restaient et les Indiens porteurs furent employés à former des barricades avec les fourgons, et à creuser des tranchées. Dès qu'un fossé suffisant eût été ouvert, il y fit descendre Mmes Everts et Hayden, Annie et Elsy et leur chère Dana qui poussait des hurlements comiques. Il leur recommanda de ne bouger de là sous aucun prétexte; elles étaient à l'abri des balles.

Une autre tranchée entoura le camp permettant de tirer sans que les hommes fussent exposés.

Dès que les Nez-Percés furent à bonne distance, ils furent reçus par une fusillade nourrie qui arrêta leur marche et qui porta utilement. En un instant cinquante des leurs étaient hors de combat. Les autres ripostèrent par un tir qui se trouva trop court, les carabines étant de très vieux modèles. Tous ceux qui avançaient inconsidérément étaient abattus comme des lapins.

Aigle-Blanc fit reculer ses hommes et un pli profond creusa son front. Il consulta les vieillards. Tous, Yubo le sorcier, et Pélican-Rouge qui savait cercler de fer les roues des chariots, et Fumée-Noire qui commandait aux trois canots d'écorce, furent d'avis qu'il convenait de revenir plus nombreux, et de proclamer la guerre aux blancs dans la tribu voisine, les Pieds-Noirs. Au galop de leurs chevaux, une dizaine de Nez-Percés partirent en députation pour exposer au sachem ami Wapiti qu'il devait se joindre à eux pour exterminer cette poignée d'envahisseurs.

Des éclaireurs, en faisant un grand tour, explorèrent tous les environs du campement, et c'est eux qui coupèrent le fil télégraphique entre Hayden et ses amis.

Quand Hayden et Norris furent en vue de la vallée, la situation était critique.

Aigle-Blanc et Wapiti avaient fait leur jonction, et n'osant encore approcher à cause de la portée plus longue des fusils des assiégés, ils enserraient le camp d'un cercle fermé et infranchissable.

Hayden, Norris et leur petite escorte de cinq hommes ne pouvaient espérer forcer cette ceinture et rejoindre leurs amis investis.

Norris assura son monocle sur son visage glabre et prit aussitôt le parti de détacher un de ses hommes pour qu'il allât au fort Ellis avec l'ordre écrit de ramener toute la garnison à trois ou quatre hommes près, qu'on laisserait pour garder le bastion, et d'apporter aussi toutes les mitrailleuses.

En attendant le renfort, il fit disposer le fourgon entre les rocs et les arbres, de façon à former un petit fortin, d'où il serait possible de tenir en respect les Indiens errants qui s'aventureraient de ce côté. Il prit soin de dissimuler cet abri avec des feuillages pour qu'il ne fût pas tout de suite découvert et signalé, car au bout de peu de jours la région fut infestée d'Indiens qui se répandaient aux alentours pour tuer du gibier.

Ils purent de leur cachette abattre un assez bon nombre de ces vagabonds isolés qui disparurent sans qu'on s'inquiétât d'eux dans leur tribu.

Pour ne pas attirer l'attention, ils firent excaver une tranchée au fond de laquelle ils allumaient du feu pour préparer leurs repas, qui se composaient de gibier et de biscuit ; encore fallut-il ménager celui-ci, car la provision était courte.

Chaque matin, avec mille précautions, Norris se glissait entre les branches pour apercevoir, du bord du plateau, le camp des assiégés.

Le cercle des assaillants était toujours intact, mais pas plus étroit. Les bons fusils du camp les tenaient encore à distance. L'ennemi comptait sur la famine, la fatigue, la défaillance pour faire brèche quand l'heure serait venue.

Le temps passait. Au camp du colonel Washburn la situation devenait critique ; les quatre femmes qui vivaient au fond de la fosse, brisées d'émotion et de fatigue, étaient tombées malades. Elles avaient éloigné Dana dont les gémissements les énervaient. Elles étaient minées par la fièvre. L'eau manquait. La quinine s'épuisait dans les flacons de la pharmacie. Annie était très atteinte, épuisée par l'angoisse et le chagrin. Enroulée dans une couverture, la tête appuyée sur un sac, elle ne parlait plus, et ses grands yeux regardaient dans le vide des visions où semblaient se refléter les images de la

ville et de ses amis, de la dernière soirée à Philadelphie, quand les jeunes gens s'amusaient à soulever
les bronzes du salon et à souffler dans les trompes
de fer blanc qui servent à la Noël. Elle revoyait
ses amies qui l'entouraient, qui la taquinaient avec
le souvenir de son cher Gaston de Portneuf, elle
avait encore le tremblement d'impatience avec
lequel elle leur répondait, et elle pensait à son fiancé.
Où était-il? Que pouvait-il faire? Parfois des
hallucinations le lui montraient près d'elle, costumé
en cowboy, errant et chassant dans les forêts
inexplorées; puis elle le revoyait portant l'uniforme
de troupier français et faisant des actions d'éclat à
l'assaut des positions prussiennes. Alors, elle ne
distinguait et ne sentait plus rien, et tombait dans
un sommeil profond comme la léthargie. La petite
chatte fidèle dormait dans ses bras.

Mme Everts et Mme Hayden offraient l'image du
plus profond désespoir et pleuraient déjà sur leur
veuvage. Elsy était énervée, maussade, et maudissait
l'idée d'être venues pour la gloire braver la mort et
les sauvages, quand il ferait si bon sous la vérandah
de leur cottage, devant une table légère d'osier
chargée de tasses à thé, d'assiettes de toastes et de
cocktails.

Washburn, aux avant-postes, observait l'ennemi,
et encourageait les soldats que la fatigue des veilles
commençait à abattre. Il fallait sur tous les fronts
une surveillance assidue pour tirer dès que les
Indiens tentaient de se rapprocher. La nuit surtout

était redoutable; par bonheur le ciel avait toujours
été si clair qu'il avait été impossible à l'ennemi de
se porter en avant sans être aussitôt ramené à sa
place par une volée de balles. Mais on était à la
merci d'une nuit sans lune.

Il ne disait pas toute son inquiétude au sujet de
Hayden et de Norris. Mais il les croyait bien perdus.
Les Indiens qui avaient coupé le fil télégraphique
n'avaient qu'à suivre le tronçon de celui-ci pour
arriver à eux et les surprendre. Avaient-ils pu se
défendre? Peut-être leurs corps gisaient-ils à présent
au fond des forêts? Et Everts? Depuis si longtemps,
avait-il pu résister à la faim, au froid, aux couguars?
Sans doute c'était une victime de plus à ajouter au
martyrologe de la science? Et Pearl l'imposteur?
Quelle était sa part dans toutes ces catastrophes?
Que machinait-il? Mordillant sa moustache, les
mains au dos, Washburn arpentait la terrasse
ménagée derrière la ligne des fourgons, et remuait
toutes ces tristes pensées.

Tich, le bon nègre, s'était tassé dans un coin et
pleurait d'un air bête en essuyant du revers de ses
doigts ses gros yeux veinés de rouge. La consternation planait sur le camp de deuil, et l'espoir se
faisait de jour en jour plus pâle.

Aigle-Blanc et Wapiti, avec la patiente lenteur
des natures primitives, attendaient. Le chef des
Nez-Percés s'étonnait de ne pas voir revenir avec
Médora le détachement conduit par Mahawk. Il se
persuada qu'ils étaient rentrés directement sur le

territoire de la tribu, et qu'ayant appris là l'expédition entreprise, ils viendraient bientôt les rejoindre.

Et les jours passaient pour tous dans l'attente.

Mais bientôt Hayden et Norris furent pris d'une inquiétude angoissante, car le délai était écoulé au bout duquel le renfort attendu aurait dû être là.

Cependant rien n'arrivait.

Il fut bientôt trop évident que le messager n'avait pû atteindre le fort Ellis. Il était trop tard pour en envoyer un autre, et cet envoi eût trop démuni d'hommes leur fortin. Tout devenait désespéré.

XII

Yancee's Camp

XII

Yancee's Camp

Vous vous demandez ce que faisait Pearl durant tous ces événements.

Avec la chance qu'ont trop souvent les coquins, il avait pu mener à bonne fin, sa mission. Bien avant ses rivaux, il avait à l'aise parcouru sans mauvaise rencontre la région inconnue, les divers plateaux de geysers, les montagnes de soufre, le Grand-Cañon mordoré ; ses carnets étaient bourrés de notes et les chevaux étaient chargés de ballots contenant une inestimable collection de spécimens.

Avant de quitter le théâtre de ses exploits, il avait envoyé en éclaireurs quelques-uns de ses Indiens qui aperçurent de loin les tribus assiégeant la mission Everts. Il se frotta les mains à cette nouvelle et recommanda à ses vedettes de n'en rien dire aux soldats de l'escorte.

A présent qu'il n'avait plus besoin d'eux, il était fort gêné par ces soldats qu'il ne pouvait mettre dans ses confidences. Ceux-ci se fussent étonnés qu'on ne les menât pas au secours de la mission menacée. D'autre part, Pearl ne se souciait nullement de repasser par le fort Ellis, où son imposture était à présent connue et où le colonel Washburn n'eût pas manqué de le mettre en état d'arrestation.

Il fit halte au bord du lac des Castors, où il avait campé en arrivant à la Terre Mystérieuse, et là il résolut de congédier tout son monde pour regagner le Montana par la route de l'ouest.

Des difficultés surgirent alors. Les soldats étaient mécontents d'être ainsi abandonnés en route. Ils craignaient le retour auprès du colonel sans celui qu'ils avaient à protéger ; on les accuserait de négligence, et peut-être passeraient-ils pour n'avoir pas fait leur devoir.

— Je vous donnerai une lettre, dit Pearl pour les rassurer.

Quelques-uns s'étonnaient qu'on ne les eût pas fait rejoindre le reste de la mission avec laquelle ils eussent retrouvé leurs camarades.

— Le rendez-vous est à Cinnabar, hors de tout danger, répondait Pearl.

Mais les soldats raisonnaient entre eux :

— Il y a du louche, pensaient-ils.

Folsom les espionnait et mettait Pearl au courant de leur doute. Celui-ci résolut de se débarrasser de ces témoins gênants.

Il crut prudent de les garder encore avec lui pour rentrer dans la région habitée, afin de donner plus de vraisemblance à leur congé.

Par les plaines et les monts fleuris, ils chevauchèrent sans rencontrer une âme ou une habitation. Parfois le pied des chevaux buttait contre un squelette desséché de buffle ou une ramure énorme d'elke. Des aigles planaient. Ils arrivèrent assez tôt pour profiter, le premier soir, de la seule hospitalité qu'offre le pays à cinquante kilomètres à la ronde. C'est une bicoque, elle s'appelle Yancee's Camp. La modeste maisonnette est appuyée à une colline, encadrée de hautes herbes, proche de grandes forêts, non loin d'un étang où les fauves viennent se désaltérer au coucher du soleil.

L'installation était étrange, on eût pu croire à un repaire de bandits postés pour détrousser les voyageurs; mais il n'y a là ni voyageurs, ni bandits. L'unique pièce du bas tenait à la fois d'un cabaret, d'une mercerie-épicerie, d'un salon et d'un ermitage. Il passait quelquefois des trappeurs, des cowboys, des orpailleurs. Ils trouvaient céans du brandy, du tabac en tablettes jaunes pour chiquer, du fil pour recoudre leurs accrocs, de la poudre, et une paillasse pour la nuit. A l'étage, il y avait en effet deux ou trois chambrettes meublées d'un lit de fer; des caisses vides de biscuits y servaient de sièges et de tables. Une chandelle collée au mur suffisait à l'éclairage. Cela sentait le moisi, l'abandon. L'escalier était vermoulu.

Cette modeste hôtellerie était tenue par Yancee.
C'était un grand vieillard à longue barbe blanche,
avec des cheveux blancs ourlés qui lui couvraient
les épaules. Il était vêtu d'un costume de velours
marron, la culotte prise dans les bottes, la veste
rentrée dans une large ceinture rouge armée d'un
pistolet. Il portait un chapeau de feutre gris aux
bords démesurément larges. Son fusil Winchester ne
le quittait pas. Il avait une allure à la fois décidée
et lassée. Il était taillé en hercule, épaules larges,
mains solides, carrure d'athlète. Mais sa physionomie
était impressionnante, ou tout au moins ce qu'on en
voyait, car elle était plus qu'à demi cachée par la
barbe épaisse, les gris sourcils, la chevelure basse.
Les pommettes étaient saillantes, rosées, luisantes,
le nez mince et arqué, le front plissé; mais ce qui
frappait surtout, c'était le regard : un regard doux
et bon, avec un peu d'étonnement, de crainte, et ce
mélange surprenait chez ce colosse. Les yeux étaient
caves, abrités par les orbites en saillie, les joues
étaient ravinées, le teint recuit et tanné, couleur de
brique, comme chez les chasseurs qui passent leur vie
au grand air vif.

Nulle expression sauvage ou violente, plutôt
quelque chose de résigné et de triste.

Il habitait là avec un seul domestique qui était
comme un compagnon, un grand gaillard à la force
de l'âge, à la fois chasseur, cavalier, cuisinier et
garçon d'hôtel.

Yancee fit bon accueil à Pearl et à son escorte et

LES HÉROS DE LA YELLOWSTONE   175

leur donna le gîte. Il fit préparer le dîner qui fut modeste, mais goûté par des appétits exaspérés.

La soirée était superbe, les forêts s'estompaient sur la montagne, les feuillages remuaient, frôlés par les bêtes et par le vent, et le soleil se coucha dans une gloire de pourpre. La lune parut, argenta les cimes, mit des reflets d'or sur l'étang et des teintes mauves sur la plaine. Le garçon alluma une lampe sur le comptoir; les dîneurs restèrent dehors, et les phalènes venaient regarder la lueur rouge de leurs pipes. C'était la paix, le silence, le désert; le reste du monde n'existait plus; Pearl sentait s'engourdir ses souvenirs, et son âme semblait retrempée pour un instant dans l'harmonie universelle et indifférente.

Cependant il songeait cette fois à licencier son escorte devenue encombrante. Dès le lendemain, les Indiens partirent, et les soldats furent congédiés pour le jour suivant.

Vers la fin de la journée, l'un d'entre eux flânait dans les environs, quand il fut surpris d'apercevoir au loin un cavalier qui semblait se hâter. A mesure qu'il se rapprochait, la silhouette devenant plus précise, il reconnut un soldat de l'armée fédérale. Intrigué, il alla au-devant de lui; c'était un camarade, un des soldats du fort Ellis, un compagnon de chambrée. Ils échangèrent aussitôt les paroles d'amitié.

— Toi ici, Jones?
— Et toi, que viens-tu y faire, James?

Le cavalier mit pied à terre, et les deux amis se dirigèrent en causant vers la cabane de Yancee. Il raconta l'odyssée lamentable de leur mission, Everts perdu, Hayden et Norris empêchés de rentrer au camp, les autres assiégés, et l'ordre qu'il allait porter au fort Ellis d'envoyer d'urgence des renforts. En même temps il s'informait de ce que son compagnon avait fait depuis son départ, et la traîtrise de Pearl leur apparut.

— Défions-nous, dit Jones, et séparons-nous. Il ne faut pas que Folsom nous voie ensemble, tout serait compromis. Pars devant.

Le cavalier piqua des deux, et Folsom parut au détour du petit bois, l'attention éveillée par le galop qu'il avait entendu. Il salua le messager et l'invita à entrer chez Yancee, non sans s'informer adroitement du motif de son voyage qu'il soupçonnait un peu. Aussi se hâta-t-il de dire tout bas à Pearl :

— Maître, il faut retenir cet homme ici.

Le cavalier James fut acclamé par les cinq camarades qu'il retrouvait autour de Pearl, et celui-ci le reçut avec affabilité.

— Çà, dit-il, une pareille rencontre mérite rasade.

Et il fit apporter des bouteilles de gin, talisman devant lesquels capitulent volontiers les scrupules et les consignes des soldats du Far West. Pearl choqua son verre contre les leurs, puis il les laissa en recommandant à Folsom :

— Saisis la lettre.

Ce fut une séance joyeuse. L'alcool échauffait les

esprits et montait les têtes. Depuis si longtemps les pauvres gens n'avaient eu ni divertissement, ni beuverie. Ils se dédommageaient. Folsom feignit de boire plus qu'eux tous et il les excitait à lui faire raison. James, l'invité, était l'objet de ses prévenances.

Celles-ci furent si aimables qu'à la nuit tombante, le messager ronflait sous la table. Les autres n'étaient pas moins mûrs. Folsom n'eut qu'à fouiller la sabretache pour y trouver la lettre de Norris. Il la remit à Pearl qui se félicita de cette aubaine, et présenta à la flamme de la chandelle le document, bientôt réduit en cendres.

Une surprise désagréable l'attendait au réveil. Il appela Folsom, et celui-ci ne vint pas. Il héla Yancee, qui ne répondit pas. Il voulut sortir de sa chambre : la porte était barricadée. Il se précipita vers la fenêtre : il vit Folsom ligotté contre un arbre et réduit à l'immobilité. Devant la maison, deux sentinelles montaient la garde, il cria :

— Venez m'ouvrir !

Nulle réponse. Il put alors reconstituer ce qui s'était passé. Le messager avait compris pourquoi Folsom l'avait enivré, en ne retrouvant plus sa lettre, et, de concert avec son ami Jones, ils avaient mis Pearl aux arrêts provisoires, en attendant la décision que prendrait plus tard le colonel. Il restait sous la garde de quatre hommes. Yancee, James et Jones avaient disparu.

XIII

Le Radeau

XIII

Le Radeau

Norris s'impatientait. Il lui semblait que depuis longtemps le fort Ellis aurait dû envoyer les secours. Dans son petit fortin, avec Hayden et les cinq hommes qui restaient, il s'énervait et se demandait quelle issue une conjoncture aussi critique pouvait laisser entrevoir.

Avec sa lorgnette d'approche, il explorait l'horizon. Là-bas, sur le penchant du coteau, une petite masse noire marquait la place du camp de leurs amis. Tout autour, par paquets, les Indiens, Pieds-Noirs, Nez-Percés, formaient une ligne immobile d'investissement, et les fumées de leurs feux semblaient, dans les buissons, des fumerolles de geysers. Ils n'osaient affronter la zone dangereuse, protégée par le tir de la petite garnison, et ils attendaient l'occasion d'une surprise.

Vers le nord, jusqu'aux montagnes violettes, c'était la solitude et le silence d'un vaste plateau qui s'inclinait vers la vallée d'une rivière lointaine, portée aujourd'hui sur les cartes : Alun Creek. De ce côté, rien ne bougeait ; parfois un buffle ou un bison faisait craquer les branches sous son pas lourd, effrayait les écureuils et les petits serpents ; un ours grognait ; le soleil de midi embrasait la plaine poudroyante, et les nuits bleuâtres répandaient leur fraîche clarté sur le panorama immense.

Un matin, Norris observait l'horizon nord, quand il sécria :

— Un radeau !

Hayden et les soldats se précipitèrent au-devant du fortin pour regarder. En effet, à la lorgnette, on discernait un radeau qui descendait le cours de la rivière. Bientôt Norris put distinguer les passagers, au nombre de cinq. De ce côté, qui confinait aux plateaux des geysers, on pouvait s'aventurer sans danger. Hayden fut chargé d'avancer prudemment avec un soldat, pour tâcher de reconnaître ces voyageurs, et, au besoin, d'entrer en rapport avec eux, si quelque avantage en devait résulter. Qui pouvait ainsi se promener dans la région? Etait-ce Pearl? On tenterait de s'en saisir. Hayden n'osait exprimer l'hypothèse que ce fût Everts ; quelle apparence d'ailleurs qu'il eût quatre compagnons? Et pourtant il courut avec fièvre pour approcher les nouveaux arrivants.

Quand il fut assez près, il eut d'abord un mouvement de crainte et de recul; il venait de reconnaître dans le groupe du radeau un Indien et une Indienne. Il eut peur de courir à un guet-apens. Mais les trois autres voyageurs étaient des blancs. Alors il se décida à se laisser voir, et il fit des signaux avec son mouchoir attaché au bout de son fusil.

Ce fanion fut aperçu, car le radeau s'approcha de la rive.

Et bientôt, Hayden stupéfait serrait dans ses bras son maître et ami Everts, reconnaissait Gaston de Portneuf, était présenté à son ami Fonteneille, et faisait la connaissance des fiancés Nez-Percés, Médora et Mahawk.

Le radeau fut amarré, et sur la berge verdoyante, ce furent de longs récits pour se mettre les uns et les autres au courant des récents événements. Everts était surtout pressé d'avoir des nouvelles des siens. Il fut fort attristé d'apprendre dans quelle fâcheuse posture il les retrouvait. Etait-ce une ironie du sort, de le ramener auprès de sa femme et de ses filles au moment où le plus grand péril et une mort certaine les menaçaient? Portneuf était dans une agitation fiévreuse, et il n'était pas d'exploit qu'il ne méditât pour sauver sa chère Annie.

Tout en causant et en se racontant leur vie depuis qu'ils ne s'étaient plus revus, ils approchaient du fortin où Norris les accueillit avec une joie mêlée de tristesse.

La journée fut employée par l'échange de leurs récits. Everts disait ses souffrances après que Pearl

l'eut pris et abandonné; puis comment il retrouva
miraculeusement Portneuf et son ami; comment ils
furent prisonniers des Nez-Percés; quelle reconnaissance ils avaient à Médora qui les avait sauvés,
et comment Mahawk était devenu leur ami après
l'explosion du geyser à gerbes croisées. Hayden et
Norris racontaient les anxiétés de leur mission quand
elle eut perdu son chef, et l'invasion des Nez-Percés
autour du camp dont ils se trouvaient à présent
exclus. Everts savait que cet assaut avait été prémé-
dité et préparé par Aigle-Blanc. Portneuf ajouta :

— Nous devons même beaucoup lui manquer, car
il voulait nous faire marcher en tête pour vous
empêcher de tirer.

— Oui, dit Fonteneille, nous tenions l'emploi de
bouclier-tampon.

Et déjà Everts et Hayden, comme s'ils se fussent
rencontrés dans un bureau d'académie, échangeaient
leurs vues sur ce qu'ils avaient observé, émettaient
des théories, projetaient des rapports, et à qui leur
eût rappelé la situation critique du moment, ils
eussent répondu que c'étaient là des contingences
négligeables, et les petits inconvénients inséparables
de la vie des explorateurs. La théorie des geysers et
des dépôts siliceux étaient pour l'instant la principale affaire.

Quant à Portneuf et Fonteneille, ils chantaient
une autre gamme. Il ne leur paraissait pas que rien
fût plus urgent, sinon d'exterminer les tribus
coalisées des Nez-Percés et des Pieds-Noirs, afin

de délivrer ces dames de leur fâcheuse position.
Portneuf comptait :

— Nous sommes dix fusils, que diable !

Mahawk était atterré. Il était pris entre deux
devoirs, celui de servir ceux à qui il devait la vie,
et celui de combattre pour sa race.

— Médora, disait-il à voix basse, je ne sais que
devenir. La voix des aïeux me commande de
reprendre ici mon rang parmi les miens et de combattre pour la défense de ma tribu. Mais il me
faudra lutter contre mes sauveurs, sans lesquels je
ne serais pour les miens qu'un défenseur inutile,
inanimé et pourri parmi les branches tombées et
mortes. Et cependant, jamais je ne commettrai le
crime de tirer sur mes frères.

— Non, Mahawk, répondait la loyale Médora. Si
tu tirais sur tes frères, je te mépriserais et je ne
pourrais plus t'aimer ni t'épouser. Les blancs ont
des subtilités souples et détournées avec lesquelles
ils sortent de tous les embarras.

Portneuf et Fonteneille consultés furent d'avis
que Mahawk ne combattrait pas. Mais il rendrait à
ses sauveurs le plus précieux des services. Il pouvait
aller là où les blancs ne sauraient s'aventurer sans
danger ; il lui était permis de s'approcher du camp
indien, de parcourir et de traverser les lignes, d'aller
en vue des assiégés. Portneuf imagina une ingé-
nieuse combinaison que tous approuvèrent. Il
écrivit une longue lettre, dans laquelle il raconta
leur réunion imprévue, leur présence dans le voisi-

nage, il ajoutait des conseils et des vœux. Rien ne pouvait être plus cher, plus encourageant, plus remontant pour les assiégés qu'un tel message. Il s'agissait de le faire parvenir à son adresse.

Ce fut Mahawk qui fut promu messager, de façon à ne pas trahir ni combattre ses frères, tout en prouvant à ses amis sa reconnaissance.

La lettre fut enfermée dans une enveloppe souple de fibres végétales, enroulée elle-même dans un étui de feuilles, et le tout fut glissé dans une gaine d'écorce qui fut solidement fixée à une flèche dont la pointe d'obsidienne avait été arrachée.

Portneuf fit ses recommandations :

— N'approche pas trop près et ne te fais pas voir, car les blancs ont des fusils qui atteignent le but le plus éloigné. Vise bien, car il faut que le trait retombe au milieu du camp des nôtres. Si tes frères te demandent quel genre de flèches tu lances, dis que c'est une amulette pernicieuse pour qui la reçoit. Mais fais mieux, et tâche qu'on ne te voie pas.

— Va, mon bon facteur, ajouta Fonteneille. Si tu sais bien porter les lettres, tu auras des étrennes.

Mahawk était sombre, le regard en dessous. Il fit de tristes adieux à Médora, et lui promit : « Je reviendrai ».

Puis il se dirigea en courant vers le campement de ses frères.

XIV

" C'est Grouchy ! "

XIV

" C'est Grouchy ! "

———

Au camp de Washburn, les assiégés étaient à bout de forces et de munitions.

Au fond de la tranchée, les dames Everts et Hayden, Annie et Elsy étaient dans un profond état de prostration. Enroulées dans des plaids, elles ne mangeaient plus et attendaient la mort. La jolie Annie était pâle, et un cercle bistre cernait ses beaux yeux bleus. Elsy avait des sursauts d'impatience nerveuse et maudissait la belle idée d'explorer les Montagnes-Rocheuses.

Le colonel Washburn était fort inquiet. Les caisses de provisions baissaient et se vidaient. Afin de les ménager, on avait fait une gibelotte pour les soldats avec la petite chatte d'Annie, qui ne s'aperçut même pas de sa disparition.

Le tir nourri qu'il avait fallu faire pour contenir à distance les assiégeants avait épuisé les projectiles. Il ne restait plus que vingt-cinq cartouches, pas même une par fusil.

C'était un tableau désolant. Le camp occupait un large carré dessiné par un fossé et barricadé par les fourgons. Les hommes, affaiblis par des veilles prolongées et attentives, dormaient à terre, anéantis. A défaut d'eau, on avait vidé toutes les bouteilles de la cantine, et même celles de la pharmacie de campagne. Une horrible saleté régnait partout. C'était la fin.

Washburn arpentait fiévreusement l'enclos funèbre et un frémissement faisait trembler sa lèvre. Un matin, il sembla prendre un parti décisif et descendit dans la tranchée où reposaient les femmes. D'une voix grave, il dit :

— Nous sommes perdus. Le cercle va se resserrer et nous écraser. Nous lutterons jusqu'à la mort, mais nous serons débordés par le nombre. Il faut tout prévoir et tout préparer. Je n'ose envisager les traitements barbares et les supplices raffinés que ces sauvages feraient subir à des femmes blanches, si celles-ci tombaient entre leurs mains. L'heure est grave et demande des décisions énergiques. Il nous reste vingt-cinq cartouches : voulez-vous que j'en mette quatre de côté pour la dernière minute?

Ce fut Annie qui se montra la plus résolue.

— Je comprends, dit-elle, et je vous remercie, colonel. Je crois pouvoir me faire l'interprète de ma mère, de ma sœur et de notre amie. Donnez-nous des armes, nous ferons le coup de feu nous aussi, et, quand l'heure suprême sera venue, nous bénirons ceux de vos soldats qui nous délivreront.

— Annie a raison, ajouta la mère ; nous nous montrerons de bonnes américaines, utiles à la défense et prêtes au sacrifice de notre vie.

Mme Hayden se joignit aux braves protestations de ses amies ; quant à Elsy, un éclair de joie avait soudain passé dans ses yeux, et elle se releva en sautant et en battant des mains, amusée comme une enfant à l'idée de jouer à la guerre et de tirer sur des sauvages.

— Oh ! la jolie idée, dit-elle ; ce sera le record de l'aventure. Pas une de nos amies de Philadelphie n'a encore combattu des Nez-Percés, et pas une américaine, je suis sûre. C'est un championnat. Oh ! c'est amusant ! Ce qu'on nous regardera !

Washburn eut envie de leur dire qu'il n'avait ni fusils ni cartouches pour elles. Puis il réfléchit qu'il était mieux de leur laisser cette dernière illusion et cette fausse joie. Il désarma quatre hommes, qu'il mit au terrassement, et il confia aux femmes leurs fusils chargés, en leur recommandant de ne tirer qu'à ses ordres. Quatre autres fusils furent laissés dans sa tente, pour délivrer les pauvres femmes de la vie et de l'infâme servitude, quand leur liberté serait définitivement compromise, au dernier moment.

Le camp prit ce jour-là un aspect moins désolé. Les grandes déterminations ont un effet salutaire et pour ainsi dire tonique. Le doute et l'inquiétude inerte sont déprimants. Les décisions, même fatales, stimulent. A présent, la partie était jouée, la vie ne comptait déjà plus. Annie et Elsy grimpaient sur les fourgons, rosées de fièvre, et regardaient la plaine grouillante d'êtres bronzés. De tous les côtés, ces groupes sombres s'agitaient. Une chaleur humide alourdissait l'air et se traînait sur la terre.

Washburn regardait le ciel. Il dit à voix basse :

— L'orage approche. C'est la fin.

L'après-midi fut lourde et étouffante. Des Indiens isolés s'avançaient en rampant. Le colonel les regardait :

— Les malins! disait-il. Ils veulent voir si notre feu est encore nourri ou si nous sommes réduits au silence. Abats-moi celui-là, ordonna-t-il à un soldat de faction.

— Non, moi, supplia Elsy. Je veux tirer un sauvage, c'est un souvenir dans une vie de femme!

— Soit, dit le colonel. Et il ajouta pour lui-même : « Une balle perdue! mais cela lui fera plaisir! » Il reprit tout haut : « Visez bien! car il est encore loin. »

Elsy épaula. Le coup partit. L'Indien s'était couché à plat ventre. Il se releva.

— Manqué! dit Elsy dépitée. Je vais recommencer!

— Hélas, reprit le colonel, nous ne sommes pas au stand et il faut ménager les munitions. C'est tout

pour aujourd'hui, car ce petit jeu nous coûterait trop
cher.

— Quel dommage, protestait Elsy. C'était vraiment amusant.

— Vous trouvez. Tenez, votre sauvage qui riposte.
Attention à la réponse !

Il saisit Elsy par le bras et la poussa derrière un
fourgon. L'Indien avait en effet armé son arc et une
flèche tomba au milieu de la cour intérieure de
l'oppidum.

Elle rebondit sans se ficher.

— La pointe s'est cassée, fit Washburn. Ce tireur
est un étourneau. Oh ! quel engin bizarre ! Je n'ai
point encore vu de flèche de ce genre. Eloignez-vous,
ce peut être une fusée explosive.

Un étui en effet était lié le long du trait. Au bout
d'un instant, comme aucune explosion ne se pro-
duisait, Washburn ramassa l'engin et se mit en
devoir de l'examiner. Il ôta l'écorce, les feuilles, les
fibres qui l'entouraient et fut surpris de découvrir
un papier qui portait une inscription : Miss Annie.
La surprise de tous était extrême. Elle redoubla
quand le colonel ayant dit : « Mademoiselle, une
lettre pour vous ! » Annie ouvrit le message et lut
la signature : Gaston de Portneuf.

Elle passa ses mains sur son front moite et regarda
autour d'elle avec des yeux agrandis et hagards ;
elle crut être devenue folle, en proie à quelque délire
ou mirage. Sa mère, Elsy et Mme Hayden n'étaient
pas moins stupéfaites. Annie se hâta de lire, et la

13

joie de tous s'épanouissait à cette lecture. Ainsi
Everts vivait, il était là auprès d'elles et Gaston de
Portneuf était près de lui! Mme Everts était hale-
tante, prête à s'évanouir; Mme Hayden était rayonnante de savoir son mari sain et sauf; quant à Annie,
elle avait soudain retrouvé sa fraîcheur et son ardeur.
L'invraisemblable de ces conjonctures, cette corres-
pondance par un archer indien, rien ne l'étonnait,
elle savait seulement que Portneuf était là.

— Il nous sauvera, mère, disait-elle en embrassant
Mme Everts, je ne sais comment, mais je suis sûre
qu'il trouvera quelque moyen, et puisqu'il est là,
qu'importe le danger, il nous sauvera!

— Je ne sais, ma pauvre enfant, si notre salut est
encore possible, répondait-elle, mais à présent qu'importe? Mme Hayden et moi nous sommes heureuses
que nos maris soient saufs, et il doit t'être, à toi aussi,
une joie précieuse de savoir en sécurité l'homme que
tu aimes. Le sacrifice est le lot des femmes.

— Mais pas du tout, maman chérie; le bonheur
est le droit des femmes, et si Gaston est libre, il veut
que nous le soyons aussi, et nous le serons.

Washburn fut aise d'apprendre le voisinage de ses
amis, mais il ne comprenait pas cette aventure qui
leur faisait parvenir par un Nez-Percé le message de
ce détachement perdu. Où étaient-ils, ces précieux
alliés? d'où venaient-ils? qu'avaient-ils pu faire? Ils
étaient dix fusils, disait la lettre : c'est cinquante ou
cent qu'il eût fallu contre deux tribus coalisées et
assiégeantes!

Le camp avait une animation singulière, tant il est vrai qu'un rayon d'espoir suffit à éclairer les situations les plus sombres. Annie chantait. On eût dit que tout était sauvé.

Hélas! le soir tomba, et de gros nuages couvraient le ciel. L'air était orageux. Washburn pensa :

— Il fait nuit noire. Ce soir, tout sera terminé!

Dans la soirée, de larges gouttes tombèrent, puis l'averse se débonda. L'orage déchaîné fit rage ; de longs éclairs illuminaient le faîte des montagnes lointaines et le tonnerre était répercuté sans fin par les roches. C'était un déluge. Le ciel semblait se crever et se ruer sur la terre. Le sol en un instant fut détrempé et comme fondu. Les fourgons s'inclinaient sur leur base fuyante ; l'un d'eux se renversa. Des rochers descellés roulaient au loin dans la plaine ; les rivières débordaient ; Hayden Valley n'était plus qu'un vaste marécage. On enfonçait dans l'eau et la boue mêlées en une fange molle.

Quand l'aube éclaira le paysage, les assiégés réfugiés sur les fourgons virent leurs ennemis à quelques pas du camp, émergeànt d'un marais où ils enfonçaient jusqu'au-dessus des genoux, comme dans un gué.

Washburn commanda le feu. Une vingtaine d'Indiens rougirent de leur sang la terre amollie ; les autres se précipitèrent à l'assaut, d'abord avec quelque hésitation, puis avec une confiance plus hardie quand ils reconnurent que les fusils ne partaient plus. Les assiégés s'étaient massés par groupes derrière les fourgons, qu'une salve de carabines indiennes fit crépiter sous les balles. Les soldats attendaient le corps à corps, baïonnette au canon. Le colonel les retenait derrière leurs abris. Des chevaux furent tués.

La horde n'était plus qu'à quelques mètres du retranchement. Les Indiens se précipitaient dans le fossé, remontaient de l'autre côté et s'accrochaient aux toîts des fourgons pour faire irruption. A présent c'était comme une fourmilière grouillante. Les soldats se précipitèrent baïonnette en avant; mais déjà les Indiens, debout sur les fourgons, commençaient un tir plongeant et meurtrier.

A ce moment, il sembla que le tonnerre sortait des bois voisins, et des rafales de fer sillonnèrent les rangs des assaillants, tandis qu'au loin la fusillade éclatait sur deux points opposés.

— Voilà Grouchy! cria Annie.

Les assiégeants interdits s'arrêtèrent. De nouvelles salves les décimaient.

— Hurrah! fit Washburn, ce sont les mitrailleuses du fort!

Comme on voit dans les blés le vent faire osciller les tiges fauves, de grandes ondulations agitaient la masse assaillante. Interdits et hachés par le feu des tireurs invisibles, les Indiens virent que la position était intenable; ils firent retraite, et, sous les biscaïens, ce fut bientôt la panique et la déroute : le camp était sauvé.

A présent, les troupes de renfort accouraient. Ce

furent d'abord les canonniers du fort Ellis : ils
avaient été prévenus du danger de leur colonel par
les deux soldats de Yancee's Camp, dont l'un était
l'estafette envoyée par Norris. Il conta comment
Pearl l'avait enivré et dépouillé de son message.
Mais il avait réparé sa faute en faisant diligence pour
amener à temps la batterie utile.

De l'Est s'avançait une troupe importante d'Indiens. C'était un fort détachement de Bannocks que
Yancee, comprenant le rôle douteux de Pearl, avait
été prévenir en passant par des sentiers de lui connus.
Leur chef, Grand-Miroir, fit au colonel Washburn,
qu'il avait vu souvent, toutes les démonstrations de
dévouement et d'amitié.

Pendant que la batterie continuait de balayer les
fuyards éparpillés au loin, les tireurs de l'Ouest
parurent : c'étaient Everts et ses compagnons, qui
avaient compris l'arrivée opportune des renforts
espérés et qui les appuyaient de leur côté.

Faut-il dire quelle joie ce fut pour tous de retrouver enfin leur chef si longtemps disparu? Mme Everts
s'accrochait à lui comme pour l'empêcher de s'éloigner jamais, et pleurait de bonheur. Mme Hayden
était tout à la joie de revoir son époux. Quant à
Annie, elle se jeta sans façon au cou de Portneuf
qu'elle ne s'attendait certes pas à retrouver ainsi et
ici. Norris et Washburn se félicitaient de l'heureuse
issue d'une affaire si compromise que tout semblait
bien irréparablement sacrifié.

Après les premières effusions, Gaston songea à son

ami qui regardait avec un sourire cette scène touchante. Aussi correctement que dans un bal, il fit la présentation :

— Mon ami, M. André de Fonteneille.

Il lui nomma les personnes présentes. Avec une élégance aisée, Fonteneille serra la main des hommes, s'inclina devant les dames, et pensa en saluant Elsy :

— Quelle ravissante personne!

Avec une volubilité joyeuse, les conversations mettaient dans ce décor sauvage, au soleil levant, le caquetage d'une garden party.

Washburn et Norris s'occupaient de faire relever et panser les blessés, et déballer les caisses de provisions apportées par les nouveaux fourgons.

Et les jeunes filles firent gaiement le thé, comme chez elles. Fonteneille était prodigieusement amusé. Soudain, il dit :

— Et Médora?

Personne n'avait plus pensé à elle. Avec quelques soldats, il explora les environs. Il l'aperçut qui, nouvelle Antigone ou Edith, parcourait le champ de bataille, penchée vers les corps qu'elle enjambait. Alors elle se baissa vivement et souleva sur son genou la tête d'un blessé. C'était Mahawk qui avait l'épaule traversée d'une balle. Il était heureux, n'ayant trahi ni l'amitié ni la race, blessé au milieu des siens. Les soldats le rapportèrent au camp où il fut aussitôt pansé et soigné.

Dans la journée, Washburn donna l'ordre du

rassemblement et du départ pour reporter plus au Nord, loin de ce champ de carnage, le campement de la mission, agrandie et accrue par presque toute la garnison du fort et l'important détachement des amis Bannocks. Toute la journée fut employée à se mettre les uns les autres au courant des péripéties traversées.

Tout à coup Annie demanda :

— Et ma petite chatte?

On lui dit que la fusillade l'avait fait périr.

Norris ajouta :

— Le vrai Pearl en a-t-il fait autant?

— Le ciel le veuille, dit Everts.

— En tout cas, méfions-nous à présent, conclut Washburn.

— Nous avons été trop échaudés, dit Norris, pour n'être pas prudents à l'avenir.

— Echaudés est le mot, répondit Everts en belle humeur. Au milieu de ces geysers bouillants, cela arrive tous les jours. Je vous recommande pour camper — car je vous prie de croire que je connais la région, il n'y a rien de tel que les voyages à pied pour saisir la géographie, — je vous recommande une place que j'ai trouvée excellente, après que j'eus échappé à mon couguar. C'est près du bassin nord des geysers.

— Oui, reprit Hayden, celui que nous avons baptisé bassin Norris, près des rochers d'obsidienne.

— Il y a là une vallée fraîche et abritée, des rivières, des bois, des sources chaudes pour faire la

cuisine et son ménage sans feu, et une belle montagne
que j'ai explorée.

— Hurrah! dit Washburn : nous la nommons
déjà le mont Everts.

— Bravo! crièrent toutes les voix.

Et Fonteneille, en chargeant son havresac et sa
carabine sur l'épaule, offrit à Elsy de la débarrasser
de son paquet, en s'écriant joyeusement :

— Everts for ever!

Washburn s'attardait près du fourgon des télégraphistes.

— Que faites-vous, demanda Everts, colonel?

— J'envoie un télégramme de congratulation à
la Geological Academy de Philadelphie.

— Comment cela? vous pouvez?

— Dame oui! Je suis ici en communication avec
le fort Ellis qui est relié à la forteresse de Clarks
Fork, laquelle se branche sur la ligne du Pacific
Railroad. Nous rentrons en relation avec le monde
habité.

— C'est presque dommage, dit Annie. C'était
excitant d'être ainsi perdus. C'est un record, n'est-ce
pas, Gaston?

— Oh! pour moi, le monde est où vous êtes, et
le télégraphe disparaîtrait de la terre que je ne m'en
apercevrais pas, si vous êtes là.

Washburn, tout en rédigeant ses dépêches, disait :

— Je vais les édifier sur les agissements du sieur
Pearl.

— Non, je vous en prie, dit Everts. Il ne faut pas

le disqualifier, je serais mal jugé. Pearl a le droit de soutenir un match. Dites qu'il est ici, mais ne l'appréciez pas.

— Vous avez raison ; ce sera l'affaire de l'opinion. Et maintenant, en route pour le mont Everts !

Avant le départ, des présents en alcool et en poudre à feu furent faits aux Bannocks, et leur chef Grand-Miroir fut remercié avec tous les honneurs dus à un sachem aussi utile. Il tint à accompagner la mission jusqu'à son nouveau camp. Médora marchait près du fourgon où Mahawk était étendu. Elle était résolue à quitter sa tribu pour s'attacher à la fortune des blancs, qui la séduisait davantage. Tich et Dana fermaient la marche avec des mines déconfites de braves nègres faits pour brosser les habits, plutôt que pour affronter les péripéties des missions scientifiques.

XV

Le Renard pris

XV

Le Renard pris

Accoudé à la fenêtre du premier étage, Pearl prisonnier dans la bicoque de Yancee regardait la lumière du soleil se jouer dans les buissons de la colline baignée par un marais. Il hêla les soldats occupés à boire avec le servant du patron qui n'avait pas reparu.

— Hé là ! mes braves, leur dit-il, c'est dangereux ce que vous faites là.

— Quoi?

— De me retenir ici malgré moi.

— C'est la consigne.

— Donnée par qui?

— Par nos camarades qui sont partis.

— Depuis quand les simples soldats donnent-ils une consigne à leurs égaux?

— Jones et James ont dit qu'il fallait.

— Avez-vous un ordre?

— Non.

— J'en ai un, moi.

Et il leur lut le certificat par lui fabriqué à Philadelphie, intimant au colonel le soin de lui confier le commandement d'une escorte. Il ajouta :

— Vous ignorez ce que vous faites. C'est une indiscipline qui vous coûtera cher. Vous êtes en état de rébellion ouverte. Je suis par procuration votre chef actuel. Que diriez-vous de soldats qui auraient sequestré leur colonel? Votre affaire est bonne. Réfléchissez. Vous serez fusillés ou pendus.

— Pendus?

— Dame! Violence contre un chef!

Les deux soldats se turent, réfléchirent et allumèrent une pipe. Le premier dit au second :

— Qu'en penses-tu?

— Bigre, s'il avait raison?

— Si on lui envoyait une balle dans la tête, nous serions débarrassés, et tirés d'hésitation?

Folsom, toujours attaché à son arbre, leur fit signe d'approcher. Il les harangua. Savaient-ils à qui ils avaient affaire? C'était un grand personnage, couvert par les passeports les plus éminents, et qui tirerait d'eux une terrible vengeance, s'ils ne les relâchaient pas aussitôt. Il pouvait, dans le cas contraire, leur être d'une utilité agréable, les faire changer de garnison, les rapprocher de leur pays, obtenir leur transfert à Washington ou New-York, avec avancement, les payer grassement. Etaient-ils fous d'hésiter entre le châtiment et la protection?

Pearl souriait là-haut. Il vit ses gardiens réfléchir; il comprit qu'il avait cause gagnée. Il leur jeta une pièce d'or en leur disant :

— Apportez-moi une bouteille de gin.

Déjà moins farouches, les deux sentinelles montèrent. Pearl les impressionnait par son aplomb, son audace, son autorité. C'étaient deux paysans du Connecticut, peu au fait des affaires. Ils ne comprenaient pas très bien leur situation. Ils retournaient entre leurs gros doigts les papiers que, tout en choquant les verres, Pearl leur faisait passer sous les yeux, papiers à en-tête timbrés du sceau de l'Etat en cire bleue. Et ils étaient vivement impressionnés, peu éclairés sur la nature de ces documents qui étaient de vulgaires diplômes.

Le gin aidant, le raisonnement serré de Pearl faisait son œuvre. Il leur semblait déjà entendre le cliquetis du télégraphe apportant au fort Ellis l'ordre de sévir contre les deux soldats coupables d'insubordination, quand le colonel leur avait donné l'ordre de protéger le citoyen qu'ils séquestraient. Somme toute, aucun supérieur ne les avait commandés de service pour monter cette garde. Non, ils agissaient sans consigne et avec une légèreté périlleuse. D'autre part, Pearl était un bon prince; il offrait l'oubli et une prime. Ils aperçurent l'inconvénient de persévérer dans leur rigueur; ils n'en virent plus aucun à abandonner une mission dont personne ne les avait chargés avec qualité pour le faire.

— Encore une fois qui vous a dit de me retenir? C'est James? Au nom de qui? Il n'a pas d'ordre à vous donner. Votre lieutenant ou votre capitaine vous ont-ils investis de ce mandat?˙ Non? Vous risquez bien légèrement votre peau, mes amis! L'insubordination coûte cher dans ce pays-ci.

Les malheureux se prirent à trembler. Pearl leur faisait impitoyablement le tableau de la dégradation, boutons et passepoils arrachés, le défilé devant les camarades, le peloton d'exécution, le crépitement des fusils, la trouée des balles, le coup de grâce.

— J'ai vu un jour une exécution, continuait-il, c'est affreux. Le malheureux avait reçu trois balles dans la joue, deux dans l'épaule, une au ventre et plusieurs dans les jambes; les os étaient cassés et crevaient la peau. Il tomba, et il hurlait à terre. L'officier s'approcha et lui tira deux balles de revolver dans la tempe et dans l'oreille. Alors il ne bougea plus. On le couvrit d'une couverture grise et il fut emporté sur une civière. Il avait levó la main sur un supérieur. Ce fut vite fait.

Pearl conquit peu à peu de l'ascendant sur eux et leur inspira du respect. Ce qu'il disait prenait la limpidité du gin dans sa bouteille de verre blanc. Certes il était le chef, ayant reçu la délégation du colonel qui les avait confiés à lui.

A présent, ils en étaient à poser leurs conditions. Oui, il s'en irait, mais il jurait de ne rien dire contre eux. Il s'engageait à ne pas les accuser, à ne pas les charger, à reconnaître qu'il les quittait librement, ne voulant pas faire le détour pour repasser par le fort Ellis. Pearl leur délivra l'attestation écrite de leurs loyaux services, et il poussa la magnanimité jusqu'à ajouter à leurs noms celui de James qui avait quitté la partie, afin qu'on ne pût pas faire peser sur lui le grief de désertion. Il les innocentait tous à l'avance et il les licenciait. On ne pouvait être plus accommodant.

Munis de leur sauf-conduit, les soldats prirent le parti qui leur parut le plus sage. Ils tirèrent vers l'Est pour rallier le fort et y reprendre leur poste. Ils avaient leur feuille de route. Pour le reste, les autres s'arrangeraient. Pearl leur donna une gratification et une provision de gin.

Folsom délivré fit les paquets, et sans attendre le retour de Yancee, Pearl prudemment se hâta vers Cinnabar, ayant réduit son train à Folsom et trois chevaux, deux pour eux et un pour les bagages et caisses de documents et spécimens.

De Cinnabar, il gagna, en contournant les Snow Monts, la bourgade de Chicory, puis Trail Creek, et arriva à Livingston, où il y avait une gare du Pacific Rail Road. Folsom prit les billets, vendit les chevaux, et ils attendirent le passage du train qui devait les prendre dans la nuit et les déposer six jours après à Philadelphie. Cette fois, il était sûr d'arriver bon premier et victorieux.

Comme il se promenait par les rues sablonneuses

14

du petit village, un homme s'approcha de lui et lui demanda :

— Docteur Archibald Pearl?

Pearl crut à une vieille connaissance de ses précédents voyages en Montana, et s'apprêtait à tendre sa main pour le shakehand. L'homme était le constable; il toucha Pearl à l'épaule, d'un court bâton, et deux acolytes l'appréhendèrent aussitôt. Il était de nouveau prisonnier, cette fois sur l'ordre du colonel Washburn qui avait télégraphié aux gares avoisinantes pour arrêter son départ.

Folsom fit mine de vouloir défendre son maître qui l'arrêta aussitôt :

— Imbécile, tiens-toi en repos et ne te fais pas arrêter aussi. Garde les ballots et attends-moi.

Pearl ne fut pas incarcéré. Le juge examina ses papiers, reconnut l'excellence de ses qualités et sa respectabilité, et le laissa en liberté sur parole et sous caution; il mit sous scellés les bagages et les caisses, et Pearl consigné vit durant des semaines passer le train qui aurait dû le ramener dans sa ville. Il enrageait, mais il attendit.

Cependant, dans toute la région de l'Est, les télégrammes de Washburn avaient été avidement publiés par les journaux et enrichis d'abondants commentaires. On racontait et on corsait les aventures de la mission Everts, avec des manchettes en grosses lettres, des gravures : *Pays féerique!* — *Perdu dans les geysers!* — *Une nuit devant un couguar! — Assiégé par les Indiens! — L'escalier de Jaspe! — La forêt d'Agate! etc.*

C'était un nouvel excitement. Enfin on allait savoir! On allait entendre des gens, des savants qui avaient vu et étudié ces merveilles! C'était une région *unic in the world,* comme tout ce qui doit faire l'orgueil et le renom de l'Amérique. Les pasteurs montaient en chaire pour constater que Dieu avait marqué sa prédilection pour les Américains en les gratifiant d'un Wonderland tel, qu'aucune autre partie du monde n'en pouvait offrir un pareil. C'était un record, un championnat de merveilles. Et la foule louait le Seigneur.

L'audace de Pearl, qui avait entrepris de soutenir le match contre Everts, fut généralement admirée. Il était superbe de tenter à soi seul tant de difficultés. Pearl eut ses nombreux partisans. La *Botanical Society* de Baltimore, par rivalité contre la *Geological Academy* de Philadelphie, l'adopta pour son champion, et se réserva de l'inviter au retour pour recevoir ses communications. Ce fut de nouveau une fièvre impatiente. Les paris furent rouverts.

Dans les wagons, dans les tramways des cités, partout, il n'était pas rare de voir deux voyageurs lier conversation :

— Vous croyez pour Everts?

— Je crois.

— Vous avez tort et vous n'êtes pas de l'avis du plus grand nombre.

— Je pense autrement.

— Tenez! voulez-vous une preuve? Je vous fais un pari.

— Je tiens.

— Je parie que dans ce tramway, il y a plus de partisans de Pearl que d'autres.

— Voyez.

Alors, le parieur tirait de sa poche un petit carnet et, contrôlé par son adversaire, il allait à chacun et interrogeait hommes, femmes, enfants, conducteur :

— Etes-vous pour Pearl ou pour Everts?

Puis on comptait les bâtonnets au crayon, et le perdant payait l'enjeu.

Pearl avait beaucoup de voix, parce qu'il avait plus de difficultés.

On commentait les documents reçus, et la curiosité éveillée attendait vivement le retour des explorateurs, ces revenants du pays des fées et des génies.

Quand on sut que Pearl était prisonnier sous caution à Livingston, il y eut un soulèvement d'indignation parmi ses partisans. Mais les dépêches suivantes faisaient varier les dispositions de l'opinion publique, car le colonel Washburn avait jugé prudent, pour se couvrir, de télégraphier au ministère de la guerre par quels faux et subterfuges Pearl avait obtenu de lui une escorte officielle de soldats de l'armée fédérale. Il ajoutait les autres méfaits de son prisonnier, l'incendie de l'abri à neiges, la capture d'Everts et les mortelles souffrances de celui-ci. L'opinion fluctuait au gré des

nouvelles divergentes, mais en tout cas elle se pas-
sionnait.

De Chicago, de New-York, de Philadelphie, des
journalistes furent envoyés à Livingston pour
interviewer le héros du jour; des curieux, des
touristes partirent. Jamais le petit village n'avait
vu pareille affluence, et c'est de là que date sa
croissante prospérité. L'Alderman télégraphia à
Washington pour savoir s'il devait vraiment retenir
prisonnier un homme qui avait acquis une pareille
notoriété.

XVI

Tour de Parc

XVI

Tour de Parc

Si, depuis lors, la région de la Yellowstone est, tous les étés, sillonnée par un grand nombre de touristes, on peut dire que la première promenade fut faite par la mission Everts. Avant de quitter ce sol si fertile en miracles et en études, le groupe au complet traça et suivit l'itinéraire qui sert encore aujourd'hui.

Les quatre Everts, les Hayden, Norris et Washburn, accompagnés de leurs fidèles amis, Gaston de Portneuf et André de Fonteneille, sans oublier leur dévoué couple indien Médora et Mahawk, ni leurs nègres Tich et Dana, firent leur tournée triomphale de sortie, après avoir disposé des postes avertisseurs et protecteurs, là où ils sont encore, et où ont été élevés les quatre seuls hôtels de la région, à une journée de distance l'un de l'autre.

Ils revirent dans la joie et le soleil ces gîtes qu'ils avaient découverts isolément et dans la peine. Ils partirent de la vallée de la Gardiner et de l'Escalier aux Vasques de jade et de malachite, les Mammoth Springs, dont la féerique beauté les transporta comme au premier jour. Vers midi, ayant salué en passant les roches d'Obsidienne et le lac des Castors, ils prirent leur repos sur le Norris Geyser Bassin, là où se dresse aujourd'hui la tente de lunch des touristes, Norris Lunch Station. Ils visitèrent, pour faire leurs adieux, les geysers de ce premier plateau, suivirent la rivière Gibbon, qui coule en rapides et en cascades penchées à travers des gorges boisées du plus poétique effet, et arrivèrent le soir au Lower Geyser Bassin, où le poste les attendait; ils campèrent à l'endroit où s'élève à présent le Fountain Hôtel, au milieu des geysers qui l'engloutiront quelque jour.

Le lendemain fut donné aux deux grands plateaux des geysers, le Supérieur et l'Inférieur. Mme Everts avait dit :

— Je verrai toutes ces merveilles quand mon mari sera avec nous.

A peine alors espérait-elle que cette éventualité fût possible. Et pourtant son mari était à présent là pour lui montrer, lui expliquer les paysages étranges de ce pays infernal.

Chacun rapportait des souvenirs. Everts reconnaissait les endroits où il s'était égaré et où il avait vécu de la vie de Crusoé; Portneuf et Fonteneille faisaient les honneurs des geysers comme feraient

les guides-interprètes qu'on y trouve aujourd'hui.
Annie et Elsy s'amusaient beaucoup, et Elsy ne
savait pas si sa joyeuse humeur venait de la beauté
du site ou du plaisir confus qu'elle éprouvait à causer
avec Fonteneille.

Tich et Dana appréciaient surtout le pays pour la
commodité qu'il offrait de faire la lessive dans une
série de cuves naturelles toujours tenues à la température utile, sans qu'il fût besoin de surveiller le feu
et de mettre du bois.

Le bon couple nègre apportait la corbeille au bord
d'un des petits bassins fumants et en vidait le contenu dans l'eau.

Fonteneille les avait surnommés tous deux Ulysse
et Nausicaa. Mais Dana ne jouait pas à la balle.
Elle lessivait, savonnait, frottait ferme, et ses bras
noirs étaient tout blancs de savonnade. Parfois elle
était prise d'une démangeaison nasale et elle se
frottait; alors elle avait le museau enfariné, ou seulement taché d'une mouche blanche, ce qui pour une
négresse équivaut à une mouche noire sur la peau
d'une blanche.

Tich applatissait le linge avec un battoir et le
tordait avec un entrain qui menaçait l'intégrité des
pièces confiées à ses robustes mains : on eût dit qu'il
avait juré de les casser en deux morceaux.

Et cependant, tous deux chantonnaient des mélo-
dies sourdes et lointaines, échos de leur pays et des
plantations où ils avaient grandi. C'étaient des modu-

lations simples et lentes, un peu plaintives, comme l'adieu d'une race qui s'en va.

Une fois, Tich et Dana furent tentés par l'aspect clair et séduisant d'une belle petite mare bleue. Elle était bordée d'un fin ourlet de formations roses et blanches, et le terrain tout autour ressemblait à une grande pièce d'orfèvrerie d'argent niellé d'or. L'eau affleurait le sol et s'offrait commodément aux opérations qu'exige une lessive. La cuve s'enfonçait en entonnoir rond, régulier, avec des parois joliment ciselées et bleutées, lamées d'argent, serties de gemmes aux teintes délicieusement gracieuses et tendres. L'eau était si pure qu'on eût dit de l'air. Tout au fond, l'entonnoir s'ouvrait par un trou rectangulaire qui faisait une tache noire dans cette nappe bleutée.

Pendant que Tich et Dana lessivaient avec toute la conscience de bons serviteurs dévoués à leurs maîtres, ils ne prirent pas garde que le niveau de l'eau baissait. Soudain, comme pompé par une aspiration souterraine, le bassin se vida et toutes les pièces de lingerie qui l'encombraient disparurent par le trou central.

Tich et Dana éprouvèrent un étonnement profond qui arrondit leurs yeux hébétés et les laissa stupides. Bientôt la bouche de Tich se déforma pour devenir aussi ronde que ses yeux, et elle laissa échapper des ululements plaintifs sur le mode grave, auxquels les cris aigus de Dana firent un mélodieux accompagnement.

Au bout d'un certain temps, ils purent se persuader que le geyser demeurait sourd à leurs plaintes et que l'avare Achéron ne lâcherait point sa proie.

Tout tremblants, ils prirent leur course vers le camp et tombèrent aux genoux de Mme Everts dans la posture des suppliantes d'Eschyle. Ils parlaient tous deux en même temps et leur langage était confus. Il fallut leur assigner un ordre de parole pour commencer à soupçonner le drame qui venait de se passer.

Mme Everts fut fort contrariée de ce contretemps qui portait atteinte à l'intégrité de la garde-robe, et celle-ci était strictement mesurée. Mais MM. Everts et Hayden furent très intéressés par ce phénomène d'absorption qui leur masqua entièrement le dommage reçu.

Ils se rendirent vers le geyser coupable. Celui-ci, comme s'il eût pris conscience de sa faute, se mit à leur arrivée à remplir peu à peu sa vasque. Les pièces de linge réapparaissaient l'une après l'autre. Elles flottèrent bientôt toutes à la surface qui avait repris son niveau à fleur de sol.

Tich et Dana, émerveillés, repêchaient leur bien. C'était une sorcellerie. Le linge avait sans doute été brassé, trituré, tordu, foulé dans la blanchisserie infernale, car il était immaculé et remis à neuf.

On fit le compte. Il ne manquait qu'une chaussette.

— Il faut bien qu'il se paie, dit Fonteneille qui venait d'arriver.

Et il fallut rendre grâce à ce gracieux geyser qui se chargeait ainsi et à si peu de frais du métier délicat de blanchisseuse de fin.

Tous riaient, et Fonteneille fit observer combien cet ouvrage était supérieur au blanchissage dont les Chinois ont pris tout le monopole dans les villes, fonction dans l'accomplissement de laquelle ils ont apporté la fâcheuse habitude d'empeser les pièces à leur façon, qui est déplorable. Ils emplissent leur bouche avec de l'eau qu'ils font fuser en mince jet entre leurs lèvres sur les faux-cols et les manchettes avant d'y faire passer et repasser le fer chaud. Le résultat est d'ailleurs superbe.

— Combien ce geyser est mieux élevé! Il a le respect de notre linge, et au moins il ne crache pas dessus!

Le jour suivant fut pris par la traversée du plateau vers le lac, et le soir on campa là où l'on trouve à présent le Lake Hotel. Dès le matin on repartit, tous les postes s'étaient dégarnis au passage pour suivre l'expédition; c'était à présent une petite armée fournie de mitrailleuses.

Washburn profita de cette promenade pour établir son prestige sur toute la rive gauche de la Yellowstone, depuis la sortie du lac jusqu'à Cinnabar, en balayant dans toute la région les derniers fuyards et vagabonds.

Ce fut un raid définitif. L'expédition remonta vers le Nord, le long du fleuve, traversa Hayden Valley où ils laissaient tant de tristes souvenirs, et passa

devant les Monts de Soufre, campa là où vous trouverez aujourd'hui le Cañon Hotel, centre des touristes qui visitent le Grand Cañon de la Yellowstone
et ses deux superbes cataractes.

Le lendemain ils longèrent les Forêts Pétrifiées,
s'arrêtèrent chez Yancee, y logèrent et mirent encore
vingt-quatre heures à descendre la Yellowstone vers
Cinnabar, en contournant le mont Everts qui les
séparait des Mammoth Springs et de la *Golden Gate*,
la Perle d'Or du pays Merveilleux.

Si Everts et Hayden éprouvèrent de grandes joies
de savants devant une matière si riche pour leurs
observations, les quatre jeunes gens, Annie et sa
sœur, Portneuf et son ami exultaient de surprise et
de gaîté. Fonteneille était sympathique à tous et
animait la troupe par sa belle humeur. Annie et
Elsy s'étaient prises d'amitié pour la jolie Médora,
qu'elles adoptèrent comme « dame d'honneur », ce
dont Dana fut fâchée et jalouse. Mahawk était
précieux pour ses conseils dans l'exercice de tous les
sports, chasse, pêche, cheval, guerre. Quand venait
le soir, Mme Everts et Mme Hayden prenaient plaisir
à regarder ce groupe gracieux de jeunesse et d'entrain, tandis que la lune épandait ses lueurs éclatantes dans l'air pur que nulle haleine n'avait encore
terni.

Un soir, la troupe avait fait halte au pied d'une
colline boisée que contourne la rivière Gibbon,
entraînée là sur un pan incliné en une cascade
allongée et délicieusement frémissante à travers les

rocs et les branchages enrayés. Au delà une vaste plaine grise s'étendait jusqu'à la ligne des hautes montagnes qui barraient l'horizon.

La lune éclairait de son disque large le paysage silencieux.

— La belle nuit! dit Elsy.

— Pour une orgie à la tour, ajouta Fonteneille.

— Vous dites? demanda la jeune fille.

— Oh! rien! je cite mes classiques.

— Je ne comprends pas. Mais il est vrai, vous avez des poètes fort habiles qui ont célébré la lune. Je connais *La Ballade à la Lune*, c'est joli, mais gamin. J'aime mieux la conception antique, Diane, Phébé, cela a de l'allure, de la grâce, de l'art, de la beauté. La lune est *artistic*. Vous l'ignorez en France. Vous voyez dans le disque une face ridicule de Pierrot. Nous, nous voyons une jolie tête de femme.

— Vous dites?

— Vous ne connaissez pas Moon's Girl? Tenez elle est là pourtant, elle vous regarde et vous la regardez, mais vous ne la voyez pas. C'est la vie, cela.

— Elle est là, Moon's Girl? Je désire voir, dit Fonteneille.

— Moi de même, ajouta Portneuf, qui demanda à Annie si elle la connaissait.

— Oh! il y a longtemps, fit-elle.

C'était un groupe aimable, ces deux ravissantes jeunes filles s'évertuant à dégager de la face lunaire l'image qu'elles y apercevaient. Il fallut dessiner sur le sable.

— Vous ne voyez pas? l'attache du cou, les frisons de la nuque, la chevelure opulente coiffée « à la chien », le nez provocant, le menton espiègle.

— Mais oui, reprenait Elsy, regardez bien, on dirait un camée serti dans une médaille d'or. Le profil est mutin, le menton a une petite fossette rieuse.

— Ah! parfaitement, s'écria Portneuf. Je vois, je sais, je crois. Suis-moi, André. On la voit de profil, elle regarde à gauche. Les deux taches du haut font les frisons et le chignon; l'œil est indiqué; le cou est gracile; c'est une petite femme de la vie parisienne, une jolie commère de revue.

— Je la tiens! Bonjour, mademoiselle la Lune! Oh! mais vous n'êtes plus la Diane courroucée des aïeux? ni même Phébé, sœur d'Apollon? ni Pierrot? Je salue en vous la Diane moderne, la jeune fille qui de là-haut, de sa fenêtre dorée, préside, éternellement jeune, au défilé des siècles et des générations. Salut, Moon's Girl, du fond des Rocky Mountains, deux jeunes gens te vénèrent et deux de tes sœurs te sourient.

Ce fut le prétexte de plaisanteries, de propos variés, et Moon's Girl fit les frais de la conversation jusque fort avant dans la nuit.

Toute la tournée fut ainsi variée par des divertissements imprévus; les jeux étonnants des colonnes d'eau bouillante, les caprices de ces combinaisons

15

hydrauliques, la régularité des reprises, les formes savantes de ces grandes eaux, l'aspect fumant de ces plateaux crayeux, les coloris invraisemblables des versants du Cañon, tout leur fut joie et beauté parce que tout leur était jeunesse et amour.

A Cinnabar, la mission retrouvait le monde habité, civilisé et policé. Le colonel Washburn fit ses adieux, souhaita à Everts bon retour, et regagna avec tout son détachement le fort Ellis, non sans avoir reçu les remerciements émus et les témoignages les plus vrais de la reconnaissance et de la gratitude de ses protégés.

Comme il n'entendait plus parler de son rival, Everts demanda :

— Avez-vous des nouvelles de Pearl?

— Oui, je le tiens prisonnier à Livingston.

— Colonel, je vous demande sa liberté, dit Everts. Il ne me convient pas de me venger. L'opinion sera éclairée et jugera. Les dangers auxquels il m'a exposés sont passés, donc ils n'existent pas et il n'en faut plus parler. Il ne faut songer qu'à demain, non à hier. Quant à l'exploration de Pearl, je pense qu'elle est très avantageuse pour la science. Il peut avoir vu des choses qui nous ont échappé. Il serait indigne d'un savant de supprimer, par une mesquine jalousie, des résultats importants pour la vérité. Pearl ne me nuit pas et ne me gêne pas, puisqu'il n'a pas pu me remplacer et que j'existe et que j'ai accompli ma mission. Aussi n'est-ce pas pour quelques faux papiers qui lui ont procuré les soldats nécessaires que vous allez troubler les jours d'un homme audacieux, savant et habile. C'est rendre un mauvais service à son pays d'enrayer une seule de ses forces.

— All right! répondit le colonel. Ce que j'en faisais, c'était pour vous. Pearl est libre.

Avant de se séparer, ils envoyèrent un télégramme collectif à la Geological Academy pour l'informer que la mission était terminée, avait eu les plus heureux résultats, et que Everts allait revenir pour les exposer en séance.

Après les adieux, la mission Everts réduite à onze têtes, gagna Butte City pour joindre là le Pacific Rail Road.

XVII

Chinoiseries

XVII

Chinoiseries

Pendant que les ménages Everts et Hayden.
prenaient à l'hôtel un repos bien gagné, les jeunes
gens voulurent connaître l'endroit, et sortirent.
Butte City est une des plus curieuses villes du
Montana. Les environs sont escarpés, boisés, tout
embrumés par les fumées des usines et des mines.
Les rues sont de terre battue, et longent les maisons,
semblables à des chalets sans étages, entourés d'une
galerie ouverte, et bâtis en troncs de bouleaux
superposés. Devant les portes sont les montoirs pour
enfourcher les chevaux. Les galeries sont pourvues
d'un ou deux rocking chairs où les cowboys et les
mineurs se balancent, les pieds sur la balustrade.
Chaque case est entourée d'un terrain inculte. Les
maisons ont l'air d'être jetées là, pêle-mêle et au

hasard. Une seule rue, la Main Street, est bordée
de magasins. Les faubourgs sont habités par les
mineurs. La moitié de la population est sous la
terre, tandis que l'autre se repose.

Le soir vint, et nos jeunes gens arrivèrent au
Quartier Chinois. Les fils du Céleste Empire sont
ici en fort grand nombre, comme dans la plupart
des villes des Etats-Unis. Mais ce quartier avait un
aspect bien particulier, presque sinistre.

— Il faut prendre un détective avec nous, opina
Portneuf.

Un policeman leur indiqua le nom d'un collègue,
qu'ils trouvèrent dans un bouge où les clients étaient
massés autour d'une table de jeu, vêtus d'un costume de cuir, coiffés du chapeau à larges bords,
chaussés de larges bottes.

Portneuf demanda le détective Harris. Celui-ci
jouait à la table, toute sonnante de dollars blancs.
Quand il sut qu'il s'agissait d'une tournée de voyageurs, il quitta la partie. C'était un jeune homme
joufflu, moustache blonde en crocs, l'air servilement
affable.

— Par ici, dit-il.

Ils descendirent dans le bas de la ville. Annie et
Elsy avaient pris le bras de leurs cavaliers, à moitié
rassurées, mais très intéressées par ce petit village
chinois, pauvre, vrai, sincère, sans influence étran-
gère à l'esprit de la race.

C'était un large chemin crevassé d'ornières. A
droite et à gauche, irrégulièrement, se dressaient

de basses cahutes en planches noircies, haussées par deux marches branlantes, avec un trottoir de bois devant la porte. Il faisait nuit à présent. Les lumières filtraient des rais jaunes à travers les ais mal joints des volets. On apercevait dans l'intérieur les Chinois chez eux, tous vêtus de la grande robe à ramages, têtes rasées, longues queues noires.

— Où sont les hommes et où sont les femmes? demandait Fonteneille.

Ils se ressemblaient tous, les uns dormaient sur des nattes étendues à terre. D'autres rangeaient des ustensiles. Il y en avait un qui recousait sa savate en fredonnant.

— Regardez ici, on joue, dit Portneuf.

Ils étaient huit ou dix dans une case éclairée par une lampe à pétrole, assis sur leurs talons autour d'une feuille en papier de riz étalée à terre. Chacun à son tour prenait un pinceau, le trempait dans un pot de rouge, et, les yeux fermés, touchait au hasard des carrés dessinés sur le papier. Alors c'étaient des cris, des rires, parfois des disputes, quand on accusait le joueur d'avoir mal fermé les yeux.

Les petites monnaies chinoises, trouées au centre, en carré, faisaient un bruit métallique.

Derrière, c'était la plaine au fond de laquelle la lune découpait la silhouette des grandes montagnes.

Dans une autre cabane, une demi-douzaine de Chinois glabres donnaient le concert au milieu d'un hourvari sauvage. Au centre, un Céleste, maigre et long, vêtu de lustrine noire, chantait à gorge déployée, d'une voix à la fois rauque et aigre, et l'on voyait ses muscles tendus comme des cordes tirées. Il semblait s'obstiner dans son chant continu, sans pause ni reprise, la tête penchée. Trois musiciens étaient attentifs à l'accompagner en grattant des instruments du pays, des guitares au corps petit et rond, au manche démesurément long; par contre une autre avait un manche court et trapu, vissé sur une caisse volumineuse. Un quatrième frappait avec un clou une coupelle de cuivre renversée et pendue à une ganse de soie. On ne distinguait ni mesure ni cadence, et chacun semblait suivre librement le caprice personnel de son inspiration.

— Quelle cacaphonie, dit Annie.

— Du Wagner! observa Fonteneille.

Ce qui ravissait les jeunes filles, c'était l'illumination de cette route; car chaque Chinois plante dans la terre, devant sa porte, une vingtaine de petites tiges de bambou peintes en rouge et enduites de résine odorante qui flambe. Il entoure ces cierges minces d'un peu de paille, pour défier le feu et marquer sa confiance dans le destin, à qui il se remet du soin de préserver sa maisonnette de l'incendie.

— Mais cela s'appelle tenter le ciel, fit Elsy. Ils sont bêtes!

Par les croisées ouvertes, on apercevait des chambres nues, meublées seulement de quelques nattes, et dans le coin, sur une planchette, il y avait un petit bouddah doré autour duquel des cierges semblables brûlaient, mettant leur lueur tremblottante dans ces tristes réduits.

Harris les arrêta devant une construction plus importante, à deux étages. Par un escalier raide comme une échelle de meunier, ils arrivèrent devant une petite porte qu'ils poussèrent.

— C'est l'église, dit Harris.

Sur les murs étaient collées des prières, écrites en noir sur fond rouge. La chambre était tendue d'étoffes brodées, or sur noir ou bleu. Les meubles, coffres, étagères, étaient d'ébène incrustée de nacre. Du plafond pendaient des lanternes de papier huilé, monté sur des cadres de fins bambous, au bas desquels pendaient des glands de soie rouge. Un gros bouddah doré était accroupi sur un coffre drapé de jolis tissus lamés et brodés; des vases pansus en porcelaine de Chine chargeaient de larges consoles de palissandre et contenaient des floraisons de papier doré. Des centaines de petits cierges pareils à ceux de la rue étaient piqués dans des brûle-parfums, et faisaient une illumination douce dans ce silencieux sanctuaire. Le bonze, gros, court, souriant et peureux, s'inclinait devant les visiteurs.

Aux poutres étaient accrochées des bannières de soie aux couleurs vives. Des prières et des supplications étaient écrites sur de petits papiers épinglés le long des étoffes. C'était naïf et touchant. Le décor paraissait luxueux, et cette richesse attestait les sacrifices arrachés par la crainte à cette pauvre colonie d'exilés. Dans un anglè, un dais rouge à bandes d'or, des tambours de soie piqués sur des hampes à clous de cuivre étaient les accessoires qui servaient pour les enterrements. Au-dessus de l'autel était fixée au mur la hallebarde du héros Atchin-Dzang-bo, à qui le sanctuaire était consacré.

— Vraiment on se croirait en Chine, dit Annie.

Portneuf observait qu'il aimait mieux visiter les chinoiseries ici, que comme il l'avait fait avec Fonteneille, avant de s'embarquer pour San-Francisco.

Annie demanda :

— Est-ce qu'ils fument l'opium?

— C'est défendu, dit Harris.

— Et ils observent la défense?

— Pas du tout.

Le détective, chargé de reprimer un vice interdit par la loi, mena ses visiteurs à une fumerie qu'il fréquentait lui-même.

Il les arrêta au bout du faubourg, devant une porte basse vitrée, qu'il ouvrit. Il s'en dégagea une bouffée d'air chaud et malodorant.

C'était une petite épicerie. Derrière le comptoir, le marchand, ventru comme une potiche, souriait en se dandinant, vêtu d'un veston de toile bleue aux manches en pagode. Quand il se fut rassuré, il fit d'abord les honneurs de son magasin, où Annie et Elsy prirent plaisir à s'approvisionner de menus bibelots, tissus brodés, tasses diaphanes, minuscules souliers de femmes, à pointes à la poulaine, pipes d'argent ciselé à long col d'où pendent des glands de soie. Quand il fut question de payer, il calcula en poussant les billes d'un boulier posé sur son comptoir.

— Sont-ils assez purs, disait Fontenelle. Quelle race imperméable! rien ne les entame. On dirait une goutte d'huile dans un verre d'eau.

— Je voudrais de l'opium, demanda Annie.

Le marchand ouvrit de gros yeux ronds, et regarda le détective, s'apprêtant à commercer les dénégations d'usage les plus énergiques. A un coup d'œil de Harris, il comprit que la comédie serait inutile, et il sortit de dessous son comptoir un pot de grès, où une palette de bois plongeait dans une mélasse noire. Il en prit un peu au bout de la spatule et l'écrasa contre une vieille carte à jouer.

— O poésie! s'écria Fonteneille.

— Voilà donc, continuait Portneuf, les visions des poètes et les rêves des fumeurs d'opium, les nuages rosés où dansent les bayadères, où les fleurs ont des pétales de rubis, où les délices des paradis dorés, où des déesses belles comme la nuit passent sous des portiques fleuris au fond des palais d'azur et d'ambre!

Et ils riaient en regardant Annie qui faisait une moue dégoûtée, les yeux fixés sur la vieille carte à jouer toute poisseuse, chargée de cette pommade noirâtre. Il y avait loin de cette chose ignoble aux séduisants mensonges des artistes.

Fonteneille l'encourageait :

— Qu'importe le flacon pourvu qu'on ait l'ivresse !

— Voyons comment ils fument cette saleté, dit Annie.

— Où fume-t-on?

Le gros marchand ventru comme une potiche souleva mystérieusement une portière crasseuse au fond de la boutique.

Les visiteurs se trouvèrent dans une cour. Le ciel étoilé leur parut un pan de velours bleu parsemé de clous d'or.

Au fond, ils entrèrent dans une salle basse et empuantie.

Le long des murs régnait, comme dans une salle de police, une large planche inclinée revêtue d'une natte usée, et offrant place pour cinq fumeurs allongés l'un près de l'autre, la tête posée sur un petit banc. Chacun avait près de lui un étroit plateau chargé d'accessoires : la pipe semblable à une grosse flûte sur laquelle une toupie de bois aurait été fichée à son extrémité; une lampe à alcool dont la flamme vacillait, alimentée par une huile pure et odorante, des tiges, pinces, ciseaux, spatules, pour charger la pipe, la nettoyer, cuire la boule d'opium.

Annie tenait toujours sa vieille carte à jouer, mais la nausée la prenait. Le détective lui dit :

— Si vous n'en voulez pas, mademoiselle, donnez-le moi.

— Vous aimez?

— Beaucoup.

Fonteneille s'égaya de ce fonctionnaire qui faisait si allègrement litière de sa consigne.

— Alors fumez, dit Annie en lui tendant le petit tas de pommade.

— Mais il va dormir, s'écria Elsy inquiète de demeurer là sans guide.

— Il n'y a pas de danger, mademoiselle, dit Harris. Je vais fumer deux ou trois pipes pour vous montrer. Il en faut dix-huit ou vingt pour dormir.

Il se coucha sur la planche inclinée, la tête sur le petit banc, le corps replié. Lentement, avec onction, il prit au bout d'une aiguille une once de pâte, et la présenta à la flamme de la lampe en la faisant tourner pour en faire une boulette grosse comme un pois. De temps en temps, il l'aplatissait, la pétrissait, la travaillait sur le dessus uni du fourneau de pipe en forme de coupelle fermée. Quand il jugea la boulette à point, il la tassa sur le petit trou percé au centre du plateau de cette toupie, mit le tuyau dans sa bouche, et approcha l'opium de la lampe. La boulette fit une flambée. C'était tout. La première pipe était finie. Il recommença trois fois la même opération.

— Cela ne vous fait rien? demandèrent les jeunes filles.

— Non, c'est trop peu.

— Et cela fait dormir?

Harris ouvrit une porte basse. Annie et Elsy allaient entrer. Elles reculèrent d'horreur. Dans

une soupente obscure et infecte, à la lueur d'une
méchante lampe pendue au sommier, on apercevait
les dormeurs qu'on remisait là parce qu'ils étaient
incapables de rentrer chez eux. Ils étaient comme
assommés, inertes, bras pendants, corps flasque, les
yeux retournés et blancs, lèvre pendante, hideux à
voir.

— Ils font de splendides rêves, dit Harris.

— On ne le dirait pas. C'est horrible. Allons-nous
en, déclara Annie.

Quand ils se retrouvèrent sur la route, l'air leur
sembla si pur que jamais ils n'avaient respiré avec
cette joie.

— Ce n'est pas très beau, n'est-ce pas, demanda
Portneuf.

— Oh! c'est très excitant tout de même, dit
Annie, et je ne voudrais pas ne pas avoir vu cette
misérable fumerie d'opium au milieu des Montagnes
Rocheuses. Peu de gens de l'Est ont vu cela. Ce sera
un record, je suis très contente.

— Et moi, j'ai faim, déclara Elsy.

A quelques pas de là, c'était le restaurant chinois.

— Oh! allons dîner là, implora Annie.

— Encore un record, constata Portneuf avec
résignation.

Bien que la soirée fût avancée, le faubourg ne
s'endormait pas. Il semblait qu'on fît du jour la nuit.
Des rais de lumière glissaient à travers tous les
volets avec des cris de joueurs et des sons rauques
de chansons.

Le restaurant se composait d'une salle avec la cuisine au fond. Ce n'était pas encore l'heure du repas en Chine, car il n'y avait personne. Cependant les marmites bouillaient sur les fourneaux de terre cuite. Des prières et des souhaits étaient collés aux murs, écrits en noir sur fond rouge, couleur de bonheur.

La cuisine était sordide. Le patron était enveloppé d'une robe crasseuse à ramages; de son crâne poli, sa queue pendait comme une ficelle attachée à un œuf d'autruche. Sa figure était jaune, plissée, ravinée, luisante, huileuse. Quand il souriait, il montrait ses dents noires de bétel. Dans un coin, un four en maçonnerie servait à faire le pain à la chinoise. A côté, un pilon de fer dormait dans un gros mortier de grès. Sur une table, des vases étaient remplis d'ingrédients étonnants qui trempaient dans l'huile. A terre, dans un baquet, reposait lourdement une pâtée de vermicelle. Annie était dégoûtée, mais elle voulait voir, elle voulait regarder l'épais enfant du Céleste Empire préparer leur dîner en plongeant ses gros doigts sales dans tous les gras récipients dont il tirait une pincée de pâtes filantes qu'il précipitait dans sa marmite. Parfois il montait sur un escabeau pour détacher une gousse d'ail ou d'échalote, des grappes qui étaient accrochées au plafond parmi les balais, les bananes, les pots à anses, les bottes de verdure.

— Madame est servie, fit Fonteneille en riant, quand le patron eut déposé une soupière fumante

16

sur la table de la salle commune, une table très haute, qui affleurait les mentons. Les jeunes filles s'étonnaient joyeusement des proportions anormales de ce meuble. Fonteneille leur expliqua que n'ayant pas de fourchettes, les Chinois mettent leur assiette au niveau de leur bouche, et poussent le contenu de celle-là dans celle-ci avec deux petits bâtonnets.

Ce fut un dîner assaisonné du fou rire, chacun essayant de se plier à la mode du Céleste Empire, pour ingurgiter, à l'aide des légers bâtons noirs, la pâtée, la mixture qui constituait tout le menu. Il fallait puiser la soupe, ou la sauce, avec une courte spatule de porcelaine décorée de petits bouquets de roses. Tous se déclarèrent satisfaits de l'expérience qu'ils se promirent de ne plus recommencer.

Ils demandèrent à Harris de les rapatrier et de les ramener à l'hôtel. Dans la Main Street, des boutiques étaient vivement éclairées, et s'ouvraient de toute leur largeur sur le trottoir. C'étaient des maisons de jeu. Des bancs entouraient une large table : des mineurs, des cowboys, s'entassaient dans ces brelans, révolver à la ceinture. Une grosse lampe jetait une clarté violente sur le tapis chargé de cartes sales.

Quand Portneuf se fut orienté et eut reconnu la direction de l'hôtel, il remercia Harris et lui tendit un pourboire pour le congédier. Le joufflu détective refusa de l'accepter avec des protestations bruyantes : ce qu'il en avait fait était pour leur être agréable, et il ne demandait rien. Cependant, si l'on voulait bien, il irait jouer la somme qu'on voudrait bien lui remettre, et ils partageraient les bénéfices.

Portneuf lui abandonna quelques dollars, et nos jeunes gens s'éloignèrent. Ils furent bientôt rejoints par Harris qui les hélait.

— J'ai perdu, mais confiez-moi une autre mise. Cette fois je gagne.

Portneuf pour s'en faire quitte lui tendit deux dollars en l'avertissant que c'était tout. Et ils continuèrent leur route. Mais Harris ne tarda pas à reparaître en courant.

— J'ai encore perdu, je suis donc certain de gagner cette fois.

Fonteneille se fâcha, et envoya le guide trop désintéressé se promener. Celui-ci ne lâchait pas prise. L'entretien s'aigrit. Le détective invoquait sa générosité, puisqu'il n'avait rien reçu. Fonteneille supposa qu'il n'avait rien joué et qu'il avait tout gardé. Portneuf agacé priait le tenace cicérone de rentrer chez lui. On en vint aux injures, et Harris, se prétendant volé, s'éloigna avec des menaces.

Il n'allait pas tarder à les mettre à exécution.

De retour à l'hôtel, Fonteneille ne manqua pas l'occasion de faire une facétie.

Le patron de l'hôtel Mac Darmick, avait commencé dans le hall un musée de curiosités. Au-

dessus des comptoirs où l'on trouvait des journaux,
des photographies, des cigares protégés par un globe
en verre, il avait pendu aux murailles des armes
anciennes, des timbres d'autrefois, des dollars en
papier, des minéraux rares, une soucoupe à opium,
des flèches indiennes à pointe d'obsidienne. Fonteneille causait avec lui, et lui racontait la guerre
entre les Français et les Allemands. Il voulut lui
faire un grand plaisir. Il lui donna un vieux pistolet
qu'il avait ramassé parmi les Indiens ébouillantés
par le geyser, le jour où, avec Everts et Portneuf,
ils coururent un si grand danger. Il lui dit que
c'était son pistolet d'arçon à l'armée de la Loire.

Le patron avait le culte des reliques et du passé,
s'il était tant soit peu mémorable. Il suspendit
pieusement l'arme, — on la voit encore, — avec
cette pancarte :

— Pistolet ayant servi pendant la guerre franco-
prussienne de 1870.

Pendant qu'il enfonçait au mur un crochet pour
y fixer le précieux bibelot, Annie, dans un frais
éclat de rire, appelait ses compagnons devant une
pancarte qu'elle avait commencé de lire.

— Oh ! regardez, criait-elle !

C'était une série d'avis manuscrits, et encadrés
sous verre, une belle page couverte d'une grande
écriture, signée Marck Twain. L'impayable humo-
riste avait laissé ce souvenir de son passage.

AVIS

— Les voyageurs qui se couchent sans enlever leurs bottines payent un supplément.

— Trois coups frappés à la porte de la chambre signifient qu'un assassinat a été commis dans l'hôtel.

— Il est défendu d'emporter les briques qui se trouvent dans les matelas.

— Dans le cas où il pleuvrait dans la chambre, on est prié de se servir du parapluie qui se trouve sous le lit.

— Si par hasard les serviettes faisaient défaut, prière de s'essuyer dans un coin du tapis de table.

Le patron était fier de cet inestimable autographe du grand homme, et il en prisait moins la saveur piquante que la rareté.

D'autres affiches étaient collées au mur, et leur originalité frappait davantage Fonteneille, peu fait aux mœurs étranges de la vie américaine. Il souligna avec une joie douce cet avis au bas d'un programme annonçant un concert :

— On est prié de ne pas tirer sur le pianiste ; il fera ce qu'il pourra.

Un autre placard invitait à une conférence dans une salle ornée de statues en stuc, et au bas on lisait ce prude avis :

— Les statues des déesses seront couvertes d'une serviette nouée aux hanches.

Près de la porte conduisant à la cour, un ordre
écrit à la main était cloué :

.— Ordre est intimé aux gens de laisser en sortant
les « Commodités » dans l'état de propreté qu'ils
désirent trouver en entrant. Cet ordre ne concerne
pas les gentlemen, car on sait assez qu'ils n'en ont
pas besoin.

Comme la race se révélait par ces mille détails !
Nos jeunes gens se sentaient bien loin du boulevard
Montmartre. Une surprise plus désagréable les
attendait.

Le lendemain de bonne heure, Portneuf et Fonteneille furent arrêtés pour avoir acheté de l'opium
et fréquenté une fumerie.

Annie et Elsy enrageaient. Elles traitèrent le
détective de tous les noms les plus désobligeants
qui furent consignés sur un rapport. C'était une
fâcheuse affaire.

Everts était contrarié de ce contretemps qui
pouvait lui causer un long retard, car les affaires
judiciaires traînent aussi longtemps dans le Nouveau Monde que dans l'Ancien. Il ne pouvait
partir sans ses filles qui voulaient absolument
attendre leurs amis. Et il n'avait pas le courage de
gronder Annie qui se consolait en pensant qu'elle
détenait parmi les jeunes filles de l'Est le record de
« la chinoiserie ».

XVIII

Chacal et Couguar

XVIII

Chacal et Couguar

Mahawk et Médora se faisaient peu à peu à leur existence nouvelle et semblaient prendre goût à la civilisation. Leur costume n'étonnait pas les passants, dans cette ville de Butte City qui était le rendez-vous de toutes les races et de toutes les couleurs, depuis les Irlandais jusqu'aux Chinois. On y rencontrait beaucoup d'Indiens qui faisaient le trafic des peaux de bêtes.

Ils pouvaient se promener librement et s'initier peu à peu à la vie des blancs. Médora se plaisait à flâner dans Main Street, à regarder les magasins, dont les devantures l'éblouissaient, et où Mᵐᵉ Everts lui avait acheté des étoffes et des parures qui la rendaient fière et coquette. Elle aimait à orner de fleurs son corsage ; elle avait appris à porter des chaussures

et à s'asseoir sur une chaise. Son goût pour Fonteneille n'avait pas diminué, mais n'avait pas été gêné
par l'intimité de plus en plus étroite qui unissait le
jeune homme à la jolie Elsy. Dans sa candeur de
sauvagesse, elle n'eût jamais pensé à voir une rivale
dans cette jeune fille qui lui paraissait tellement
supérieure, qu'elle ne songeait pas à se comparer.
Elle subissait l'écrasement de sa race, et Elsy avait
hérité de son dévouement à son nouvel ami. Elle les
réunissait tous deux dans son respect irraisonné.
Par un instinctif besoin de protection, elle s'était
rapprochée de Mahawk, devenu son vrai et son seul
soutien. Comme des compatriotes à l'étranger se
sentent plus étroitement attirés l'un vers l'autre, les
deux Indiens formaient une tacite coalition en face
des envahisseurs, dont ils attendaient leur seul salut,
car ils se rendaient compte que les dernières tribus
libres ne résisteraient pas longtemps aux forces écra-
santes de l'invasion blanche. Leur avenir était dans la
soumission. Elle leur éviterait le massacre, la ruine,
la déportation dans ces réserves indiennes, où les
vaincus s'abâtardissaient après les derniers efforts
d'une vaine résistance. On leur avait promis de les
établir et de leur assurer une existence libre, préfé-
rable à la servitude déprimante des « réservations ».
Ils se marieraient et iraient tenir quelque commerce
dans les riches Cités de l'Est, où on leur assurait
qu'un Indian Store réussirait. Ils savaient orner de
perles des pièces de cuir, fabriquer des armes, assem-
bler des plumes en ornements exotiques; ils connais-

saient les tribus qui leur procureraient pour les revendre des fourrures et des peaux. Ils vivraient agréablement en monnayant en faveur des touristes, des curieux et des passants, le souvenir des habitants primitifs de l'Amérique. Eux-mêmes en étaient les types pittoresques et, dans une ville comme Niagara Falls, où défilent les visiteurs des Deux-Mondes, ils pourraient faire souche d'Indiens modernisés. Ils en rencontreraient d'autres qui s'étaient établis là-bas et qui vivaient en communauté, comme les Chinois à Butte. Ils gagnaient leur vie avec leurs travaux de cuir perlé, et les dimanches ils reprenaient le costume national, le diadème de plumes continué par la longue échine hérissée, pour parcourir les rues de la ville en processions originales, qui étaient pour beaucoup dans l'attrait et la richesse des villes visitées par les touristes.

Ils se promenaient souvent hors de la ville en faisant ainsi leurs projets de fiancés.

Vers la fin d'une belle journée, ils flânaient tous deux hors des faubourgs en regardant au loin les hautes montagnes, qui avaient été une si faible barrière aux incursions des blancs. Une grande mélancolie gonflait leurs pauvres cœurs opprimés. Ils s'étonnaient de cette loi du plus fort sous laquelle leur race pliait. Leur pensée se reportait vers les aïeux, qui occupaient librement et fièrement ces régions à présent couvertes de cités et d'intrus. Quelle misérable injustice les supplantait et les supprimait au nom d'une chimérique civilisation?

Quel mal faisaient-ils? N'avaient-ils pas droit au soleil et à la terre autant que leurs vainqueurs? Mais, surtout, par quelle iniquité les races d'Europe avaient-elles prospéré, pourquoi avaient-elles élargi et armé leur intelligence de façon à conquérir les progrès et les moyens de domination refusés à leur pauvre race rouge d'arriérés? Quelle puissance avait édicté cette partiale répartition de ses bienfaits, choyant les uns et déshéritant les autres? Pourquoi les blancs savaient-ils se servir de canons et d'armes perfectionnées, fouiller le sol et en extraire des richesses, commander aux éléments, domestiquer la nature et tirer tout à eux, au détriment d'êtres inoffensifs qui vivaient heureux et ne les appelaient pas? La terre était-elle donc si petite que le trop-plein dût chasser de leur foyer et de leurs huttes les fils de générations sans nombre? Pourquoi leur race était-elle mise au ban de l'humanité?

Comme ils cheminaient tristement, ils virent un Indien qui venait à leur rencontre. C'était Folsom, l'âme damnée de Pearl, qui rôdait pour rapporter à son maître des renseignements sur la situation des Everts.

Mahawk l'avait connu jadis, quand il n'avait pas encore quitté la tribu des Assiniboines pour aller vivre dans l'Est. Sa vue réveilla en lui une vieille rancune. Un jour de chasse, Folsom avait dérobé des martres que Mahawk avait déposées au pied d'un arbre pour les reprendre plus tard ; il les avait vendues, puis avait disparu, ayant suivi Pearl.

En apercevant Mahawk, il rebroussa chemin, il fit mine d'éviter une fâcheuse rencontre. D'un bond, l'autre fut près de lui ; il paraissait de fort méchante humeur. Il demanda sévèrement :

— Pourquoi fuis-tu ? Ta fuite est un aveu.

Folsom protestait, très gêné. Médora connaissait toutes les embûches qu'il avait préparées contre les Everts. Elle dit :

— L'heure de la justice vient à pas lents, mais elle vient.

— Je devrais t'abattre comme un couguar, Folsom, car tu déshonores notre race par ta fourberie à l'égard de tous. Défends-toi, Médora jugera qui a le plus de courage.

La jeune fille, habituée à ces rixes, s'assit sur un tronc d'arbre, comme pour le spectacle, et elle chantait à demi-voix le chant de guerre des Nez-Percés :

« — Mon ami est allé au combat et la bravoure » illuminait son clair regard.

» Souple comme le renard, habile comme le » castor et fier comme le loup, il a marché droit au » danger, le danger a eu peur de ses yeux, et le » danger a reculé.

» Mon ami a pensé à son amie en combattant et » son bras a été invincible, car la lâcheté éloigne le » cœur des femmes.

» Il a frappé l'ennemi au cœur et le sang a rougi

» son bras, pareil à l'eau mystérieuse qui coule des
» montagnes où habitent les Génies.

» Et il m'a rapporté les armes des vaincus pour
» que je les suspende aux roseaux de ma case.

» Et ma case est devenue la sienne, parce que je
» l'ai aimé pour son courage, qui fait le combattant
» beau comme un fils des dieux.

» La lune a souri à sa victoire et elle a caressé la
» chevelure noire du guerrier avec ses rayons
» d'argent.

» La force qui fait mouvoir les astres a passé dans
» le bras de mon ami... »

Mahawk et Folsom luttaient sur la poussière de
la prairie; leurs mains étaient armées du long couteau à manche de corne que les Indiens tiennent
passé dans la sangle de leurs sandales, le long de la
jambe. Folsom, plus rusé que fort, avait saisi son
revolver, dont son adversaire l'empêchait de faire
usage en lui tenant le poignet dans sa main gauche
nerveusement serrée. Les combattants haletaient,
dans un corps à corps frémissant. Soudain Folsom
lâcha prise et tomba, la poitrine trouée d'un coup
de couteau. Impassible, son vainqueur le laissa,
tandis que Médora sans émotion retirait le poignard,
l'essuyait sur la terre et le rendait à son ami, avec un
sourire qui valait un compliment.

— Je n'aime pas qu'on me vole mes martres
quand je les ai tuées, dit simplement Mahawk.

Ils reprirent paisiblement le chemin de Butte,

et le cadavre se roidit solitaire sur la rigidité du sol
que le soir tombant faisait plus froid.

— Comme tu es beau et fort, disait Médora en
l'admirant.

Ils étaient arrivés dans les faubourgs, entre les
huttes de bois parsemées sur les terrains vagues. Les
gens les regardaient, non pas tant parce qu'ils
étaient indiens que pour le désordre de la tenue
ensanglantée de Mahawk. Des mineurs accouraient,
ayant découvert le corps de Folsom. Le meurtrier
entouré, interrogé, ne fit nulle difficulté de convenir
qu'il était l'auteur de cette mort. Il n'imaginait pas
qu'il fût défendu de tirer soi-même sa vengeance, et
il comprenait mal l'émotion qu'il constatait autour
de lui. Des voix sympathiques le conseillaient :

— Il fallait te sauver!

— Tu aurais dû le cacher!

— Tu as bien fait, c'en est un de moins!

Un détective arrivait. C'était Harris, le gros sournois qui avait si indélicatement fait arrêter Fonteneille et Portneuf.

— A la bonne heure, fit-il avec un méchant sourire, ils y passeront tous.

Et il mena Mahawk à la maison de police, au
milieu des manifestations diverses de la foule, les
uns approuvant que chacun se fît justice, les autres
excités par l'espoir d'un alléchant lynchage.

— Quel dommage qu'il n'ait tué qu'un Indien!
si ç'eût été un Blanc, on l'aurait fait griller.

— Etait-ce bien un Indien?

Mahawk fut incarcéré, pendant que Médora stupéfaite courait se plaindre à Mme Everts pour cette arbitraire sévérité.

Annie partagea son indignation. Elle la faisait répéter :

— Il a fait cela? Il a tué Folsom? Il a bien fait; il a puni un traître. Nous serons peut-être tranquilles à présent.

Tranquilles? M. Everts admirait l'ironie de cet espoir au moment où trois des leurs étaient sous les verrous.

— Mais, papa, disait Annie, ce n'est rien. Il faut payer caution pour Portneuf et son ami. Quant à Mahawk, nous n'avons pas besoin de lui.

— Voilà qui est injuste, répondit Mme Everts, car tu sais quelle peine nous ferions à Médora si nous laissions son ami ici.

Conseil fut tenu dans le salon commun aux appartements de la mission. Tous furent d'avis qu'il convenait de délivrer leurs compagnons avant le départ. Mais le moyen? Aucun des prisonniers n'était officiellement des leurs, et on ne pouvait obtenir de Washington l'immunité pour un Indien, un Français et un fiancé. Faire le blocus de la prison ne pouvait être qu'une fantaisie d'imagination. Hayden et Norris se creusaient l'esprit. Le seul moyen était de payer caution : encore ne servirait-il qu'à élargir les prisonniers sans leur laisser la latitude de s'éloigner.

— Mais, c'est inextricable, s'écriait Annie.

— Dame, disait Norris, il faudrait au moins une intervention de la Providence.

A ce moment, on frappa à la porte.

— C'est la Providence qui frappe, dit Elsy.

Un nègre apporta une carte de visite pour M. Everts, annonçant qu'un monsieur était dans le hall de l'hôtel, demandant à être introduit.

— Qu'est-ce, demandèrent les dames?

M. Everts lut :

— Dr. Pearl.

Tous sursautèrent. On attendait la Providence et c'est le démon qui arrivait.

— Que faire?

— Que faire? dit Everts. Mais il n'y a pas à hésiter. Je vais le recevoir.

— Prends garde, père, recommandait Annie tremblante.

— Prendre garde à quoi? Il n'y a plus de lasso ici. Il ne faut pas se dérober devant un adversaire.

— Je prévois de nouveaux ennuis, dit tristement Mme Everts.

— Il vient, sans doute, réclamer pour la mort de Folsom, opinait Norris.

— Il n'y a qu'un moyen de savoir ce qu'il veut, conclut Everts, c'est de le lui demander.

Et se tournant vers le nègre :

— Faites monter, dit-il.

Il ajouta, en s'adressant aux siens et à ses amis :

— Laissez-moi avec lui.

17

— Il vient peut-être faire un mauvais coup, père, dit Elsy.

— Oh ! ici, nous ne sommes plus en pays inhabité, et il y a une justice pour les citoyens de la libre Amérique. Vous n'avez rien à craindre.

— Le ciel le veuille, ajouta Mme Everts ; nous resterons dans la pièce voisine, tu nous appelleras, s'il le faut.

— C'est juré ! Faites monter ce monsieur !

———

XIX

Les Chercheurs d'or

XIX

Les Chercheurs d'or

Dès qu'il eut reçu télégraphiquement les instructions du colonel Washburn, le constable de Livingston fit mander Archibald Pearl pour lui notifier sa mise en liberté.

Pearl se présenta au commissariat où il était convoqué. Le fonctionnaire était occupé à interroger un nègre qui se plaignait d'avoir été frappé violemment par son patron avec une casserole.

— Voyons ton crâne, dit le commissaire. Tu mens! il n'y a pas la moindre bosse.

— Oh! dit le nègre, ce n'est pas mon crâne, c'est la casserole qu'il faudrait regarder!

Le commissaire interrompit son interrogatoire pour recevoir Pearl et lui annoncer qu'il pouvait aller librement où il voulait.

Pearl se prépara à rentrer aussitôt à Philadelphie, mais il voulut d'abord explorer la région qui confine à l'Idaho, et qu'il ne connaissait pas. Il la savait intéressante par ses mines d'or, auxquelles il fit une visite.

La folie de l'or, — le mot est vrai, — a bouleversé la région voisine de la Californie. C'est là qu'il faut aller pour revivre un instant le siècle des Galions et des Caravelles emportant vers l'Eldorado la nuée frémissante des Conquistadors. Pearl se promenait parmi une population d'énervés, de fiévreux, d'êtres secoués par les émotions de la cupidité en quête. Il n'était question que de *nuggets*, de *diggers*, de *jumping*, de *placers*, de *Claim*, de *rush*. Comme au temps de la Quête de la Toison d'Or, les légendes essaimaient et voletaient autour de ces cervelles en ébullition, troublées par l'appât d'un gain facile et colossal. On racontait qu'un orpailleur avait acheté en échange de son méchant cheval la mine de Livingston qui valait plusieurs millions. Pearl avait l'impression de marcher à travers un peuple de névrosés, de détraqués, — victimes secouées fébrilement par cette sorte de fièvre jaune. — Il y avait du fantastique dans tous les regards trop vifs, dans tous ces visages blêmes, que l'or semblait avoir teint de son ocre.

Pearl alla au cercle. On jouait gros jeu. On risquait de l'or, mais de l'or qu'on n'avait pas pris le temps de monnayer, de l'or en poudre, pesé sur de petits trébuchets. Il entendait les conversations qui étaient celles d'une salle de déments. Enfoncés dans les larges fauteuils de cuir, les pieds très hauts, posés sur des barres, ces hardis chercheurs d'or, aux regards étranges, aux lèvres frémissantes, échangeaient leurs impressions, leurs souvenirs, leurs histoires, pour faire honneur à l'étranger. Nulle conversation n'était plus extraordinaire.

Celui-ci avait longtemps erré dans la montagne, le pic sur l'épaule. Pendant des semaines, il chercha en vain, interrogeant le roc et le sable. Il se perdit, épuisa ses provisions, et miné de fièvre sous l'ardent soleil, il s'étendit pour mourir. Un suprême ressaut de volonté lui fit tenter un effort désespéré ; il se traîna, rampa, donna un dernier coup de pioche : l'or était là, il brillait devant ses yeux : le moribond se relevait roi.

D'autres évoquaient le temps, qui n'était pas si loin, où l'on risquait sa vie à déterrer de l'or. L'orpailleur était guetté à son retour par les Indiens et par les blancs qui l'assassinaient, pour le voler, au fond des forêts ; et ses meurtriers se partageaient ses sacs remplis de poudre d'or. Fallait-il traverser la Snake river, les entrepreneurs de bac mettaient à l'eau des bateaux pourris qui crevaient au milieu de la rivière ; les chercheurs d'or étaient assommés, noyés, et leur butin demeurait aux mains de ces brigands. Ceux-ci avaient organisé des bandes de détrousseurs. Il fallait voyager dans de perpétuelles alertes, revolver au poing. Comme des requins dans le sillage d'un navire, les bandits suivaient de loin les chercheurs.

Et maintenant même, il était dangereux de voyager sans escorte. Chacun rapportait ses alarmes, les dangers courus.

— Et la mine fantôme! ajouta un vieil homme à longue barbe blanche, lèvre rasée. Vous me croirez si vous voulez, mais c'est ainsi. On arrive, on s'écarte dans la montagne, on pioche : le métal soudain avive et fait miroiter ses paillettes. C'est un filon! Vous marquez la place, vous mettez des points de repère, pour revenir avec une brouette, un tamis, ce qu'il faut pour recueillir cet or. Vous voilà de retour à la place où la mine vous est apparue; vous avez suivi les marques qui ont orienté votre route, vous êtes bien au même endroit que vous avez noté; voici vos jalons. — Eh bien! — L'or, la mine ont disparu. Vous n'avez pas été le jouet d'une illusion, puisque vous avez détaché une pépite, la veille. C'est la fée méchante qui vous a volé votre mine et qui a mis de la roche à la place.

Le fantastique se mêlait ainsi au réel dans les propos de ces hommes troublés par des secousses violentes de joie et de déception.

Pearl visita une mine, accompagné par le directeur, capitaine Clark. Il s'enfonça dans cette galerie terreuse où les perforatrices font leur bourdonnement. Le long des rails des wagonnets, des caisses de cartouches de dynamite éventrées laissaient librement couler sur le sol leur périlleux contenu. Un faux pas, un heurt, eût fait croûler la voûte et coûté plusieurs vies humaines. Pearl vit les filons, les paillettes miroitant dans la roche, les cailloux d'or jetés dans les bennes; puis les machines à concasser, à laver, à cribler, jusqu'à ce que le précieux métal formât un pain jaune, aussitôt enfermé dans une caisse de tôle cadenassée. Il vit le vestiaire où l'on fouille et où l'on inspecte les hommes au sortir des caves.

Il parcourut les galeries où plonge le puits de descente, le long duquel va et vient la benne pendue à un câble, et il vit les mineurs détacher les blocs scintillants d'or. Il s'intéressa au lavage, aux bassins étagés, secoués par un mécanisme à vapeur, qui fait plonger le métal précieux au-dessous des couches de sable; aux moulins qui broient la poudre de plus en plus fine, à cette boue fauve qui coule sur les rouleaux de feutre dans une irrigation continuelle .et un ruissellement d'eau; aux fours qui éliminent le soufre, aux cornues qui fondent les parcelles de fer, aux cuillers de fonte à double étage d'écoulement, l'un pour les scories, l'autre pour l'or, qui paraît enfin sous forme de *mate* encore allié à l'argent ou au cuivre. Il longea les rangées de fours en terre blanche, de minerais en tas, parcourut la chambre des machines, dans le ronflement aigu des câbles de transmission et des pilons, et il admira les installations ingénieuses pour dégager l'or pur de tous les éléments sous lesquels la nature

l'enveloppe et semble vouloir le dérober à la cupidité des hommes. Et peu à peu il se sentit gagné
par cette fièvre de conquérir si aisément la fortune,
et d'arracher à la nature avare son trésor.

Que fallait-il? de l'audace, de la résistance. Le
directeur qui le guidait était un robuste gaillard
aux larges épaules, les mains solides, le regard
ferme. Il était arrivé ici dans le plus extrême
dénûment : à présent il était riche, parce qu'il avait
eu la foi et la volonté. C'était le type du lutteur
impavide, grand, cheveux en brosse, le menton
souligné d'un collier de barbe. Il connaissait la
région et il savait d'autres coins fertiles. Il jeta les
yeux sur Pearl pour lui confier l'étude minéralo-
gique de quelques placers qu'il soupçonnait plus
loin, vers Helena et Anaconda. C'était une grosse
entreprise, et un savant illustre comme Pearl eût
été utile à la tête de l'affaire, tant par son nom
que par sa science. Il tâcha de se le concilier, en
faisant valoir quel avenir, quelle colossale fortune
il pouvait ramasser en se baissant. Il causa
longuement, sachant qu'un entretien prolongé lie
et engage deux partenaires. Il le retint à dîner.
Pearl subissait l'ascendant inconscient d'une
volonté rare, et il admirait ces hommes d'action
qui résistent à tout, émotions ou malheurs, pour
marcher droit au but sans un doute et sans un recul.
Il se croyait fort, et il s'aperçut qu'auprès de ces
héros de volonté, il aurait à gagner encore, à gagner
tout : hardiesse et richesse.

En fumant, après le repas, sur la terrasse de sa villa où les nègres avaient apporté près des rocking chairs des tables d'osier, chargées de liqueurs, le capitaine Clark disait sa vie, le passé d'un chercheur d'or, et à l'entendre, Pearl comprenait tout ce qu'il y avait de ténacité, de raison, de bravoure dans ces intrépides chasseurs de pépites, qui vivent le revolver au poing, que les périls entourent et que le vol sournois guette, tandis que le fantastique de leur joie et de leur avènement menace l'équilibre de leur esprit trop brutalement secoué.

Pearl observait ce type étrange, dont le langage et les idées étaient un mélange de poésie, de folie, de superstition et d'énergie.

Il envisagea la perspective de séjourner dans ce milieu trépidant, d'accepter la direction scientifique d'une nouvelle affaire, et d'ajouter ce complément à ses recherches et à ses études.

Il fit réflexion que sa tentative de dérober à Everts le profit moral et la gloire de la mission de la Yellowstone, et surtout la présidence de la *Geological Academy*, avait échoué. Il restait l'espoir de plaire à la belle Annie : il n'était pas si sot de penser que ses agissements ne l'avaient pas fort compromis, surtout depuis qu'il savait Portneuf revenu. Pourtant, il avait conscience d'avoir fait acte de vrai citoyen américain, obstiné, courageux, inlassable, et il n'était pas encore découragé, car Annie était peut-être elle aussi une vraie Américaine, pour qui l'audace et la ténacité valaient plus que les brillants dehors d'un étranger. La mode n'était pas encore répandue parmi les misses de rêver des unions avec les jeunes nobles du vieux continent. Pearl du moins serait éclairé sur ce point, et il poserait la question définitive, avant de prendre un parti.

Après quelques jours de réflexion, il alla à Butte City et se fit annoncer chez son rival.

Il entra chez Everts sans aucune gêne, comme s'il l'eût quitté la veille au cercle, et lui dit :

— Ah ! bonjour ! comment êtes-vous?

Avec flegme, et sans s'étonner, Everts répondit :

— Merci, je suis mieux que quand vous m'avez quitté !

En gens pressés et qui savent la valeur du temps, ils en vinrent tout de suite à la question :

Pearl dit :

— J'ai d'abord une chose importante à vous demander.

— Dites.

— Mademoiselle Annie aime M. de Portneuf?

— Oui.

— Elle veut l'épouser?

— Oui.

— Il n'y a pas d'espoir pour quelque autre?

— Non.

— Merci, je suis fixé sur ce point. J'avais songé à elle, car elle est charmante, et cette union eût été, à cause de vous, une chose heureuse pour ma carrière. Elle ne peut m'en vouloir d'avoir lutté énergiquement contre vous. Elle est une Américaine. Elle comprend les beautés et les exigences de l'émulation. Ce que j'ai fait contre vous, j'ai dû le faire pour être sans mollesse et digne du caractère de la libre Amérique.

— Vous avez dû. Mais avez-vous réussi?

— Non, Mlle Annie était l'un des prix que je me proposais. Le hasard a été contre moi et a ramené M. de Portneuf. Quand on a perdu, il faut le dire et penser à autre chose. Folsom est mort : c'était un espion commode. Je n'ai pu vous empêcher de voir le pays qui était le champ de votre étude. Vos rapports auront la note officielle et primeront les miens. Aux yeux des gens sérieux, il n'y a pas d'or dans le Wonderland : on n'y fera que du dilettantisme et de l'art. J'ai découvert ici une province du pays de l'or. Mon intérêt et mon profit sont de m'y attacher et d'édifier ma gloire à côté de la vôtre, et autrement. J'ai voulu vous voir pour vous le dire. Je soutenais le match et j'ai été battu. Je n'ai pas le temps de m'arrêter à une demi-défaite. Je vous laisse le Wyoming. Je prendrai l'Idaho.

— Prenez !

— Alors, topez là. Pour dédommagement des ennuis que j'ai été obligé de vous faire, je vous donne mes dossiers de notes : ils compléteront les vôtres. Vous me nommerez seulement là où je vous aurai apporté des choses inconnues de vous. Vous acceptez?

— C'est bien. J'accepte.

— Je puis plus encore, et je n'ai pas d'intérêt à ne pas faire, donc je ferai, car cela est égal pour moi. Votre Indien a tué le mien. Je dirai que cette disparition est bonne, car les Indiens sont des êtres gênants : je ne réclamerai pas pour mon domestique, et votre Indien sera laissé en liberté, puisque personne ne se plaint, ni le maître, ni l'Etat. Chacun est content.

— Il est ainsi.

— L'arrestation aussi de M. de Portneuf vous gêne et vous retarde. Si je pouvais espérer Mlle Annie, mon intérêt serait de le voir longtemps en prison. Mais je dois quitter cette pensée. Alors il m'est égal qu'il soit libre. Comme je reste ici avec une grosse fortune qui s'ébauche, je le ferai délivrer et je serai sa caution.

— Vous êtes brave.

— Non, je n'ai aucun intérêt à ne pas agir ainsi; il n'y a donc pas de mérite et encore moins de sacrifice. Il ne faut jamais se sacrifier. Mais on peut faire ce qui vous est égal. Celui qui se sacrifie est un imbécile.

— Je pense.

— Sans rancune !

— Je n'ai jamais eu de rancune à votre égard. Est-ce tout?

— C'est tout.

— Bien. Bonne chance !

— Merci. Vous de même !

Après le shake hand, Pearl sortit, et le passé n'existait déjà plus ni pour l'un ni pour l'autre.

Pearl alla vers les mines d'or.

Everts alla vers son Academy.

Et cela était pour tous deux conforme à la destinée et à l'idéal de chacun.

XX

Le Retour

XX

Le Retour

Pendant la traversée des Etats-Unis, de Butte City à Philadelphie, les incidènts du voyage furent rares et n'influèrent en rien sur les destinées, désormais fixées, de la mission. Annie occupa ses loisirs à écrire, au parlor, ses impressions sur son cahier bleu. Je me contenterai d'en détacher quelques fragments.

« MELROSE. — Pendant l'arrêt, je me suis promenée avec Gaston. Je l'aime de plus en plus. Il est bon, courageux, décidé; on reconnaît qu'il a du sang français dans les veines, à ce qu'il a de chevaleresque et de désintéressé. Il est très différent des jeunes gens de mon pays. Je ne puis définir le sentiment dont il me donne l'intuition, et qui est inconnu ici, de l'idéal. Agir pour agir, non pour gagner de l'argent, est chose qui nous étonne. Ces hommes du vieux monde ont un besoin nouveau pour moi, d'exercer leurs facultés sans but, pour l'équilibre de leur nature. Ils ont une chimère, un rêve, qu'ils réalisent dans une femme aimée. Je suis la réalité de ses espoirs, je le sens, et cette conviction me rend joyeuse, comme si quelque chose se fondait dans mon cœur. J'aimerai être et aller seule avec lui, où il voudra. J'attends de lui une vue nouvelle des choses, de la société, de l'univers. Il y a dans son âme je ne sais quoi de plus léger que chez nos jeunes gens, une envolée, un essor, un élan dont je subis l'entraînement.

» Fonteneille est de même, et beaucoup plus encore. Il aurait trop de légèreté pour moi. Je suis plus Américaine que ma sœur. Il lui conviendra tout à fait. Elsy est une bonne fille, plus coquette que pondérée, plus frivole qu'élevée. Ici, les affinités se sont naturellement attirées. Fonteneille se plaira à ce perpétuel enjouement. Ils iront au théâtre, au restaurant, dans le monde, aux fêtes sportives, et l'on dira : « Comme ils sont charmants tous les deux ! » Un grand changement s'est produit chez ma sœur depuis un mois. Ses beaux yeux noirs sont plus vifs, plus éloquents. C'est qu'avant, ils n'avaient rien à dire. Sa magnifique chevelure noire n'a jamais été si lustrée. C'est qu'elle en prend soin davantage. Je crois que l'amour embellit les femmes. Suis-je plus belle? Je le mérite.

» Comme papa est heureux! Il ne pense plus du tout aux terribles dangers qu'il a courus. Il ne songe qu'au triomphe de demain. Cela le rajeunit. Un homme est plus vieux quand il n'a pas un but pour le lendemain. Attendre quelque chose de l'avenir, c'est le propre de la jeunesse : un homme mûr qui espère remonte les années et ressemble à un homme jeune. M. Hayden, M. Norris me font l'effet de ces chasseurs qui reviennent la gibecière pleine. Ils vont écrire toutes les belles choses qu'ils ont vues, et le dimanche, derrière les rideaux tirés, les jeunes filles des deux mondes liront le récit de ces merveilles dans leurs magazines. Il y sera question de moi. Me voilà célèbre.

» J'admire maman et Mᵐᵉ Hayden. Voilà de vraies Américaines. Elles n'ont jamais eu une plainte sur elles-mêmes. Elles exultent du succès de leurs maris; il en rejaillira quelque chose sur elles. Est-ce admirable! Il me semblerait si simple de suivre Gaston jusqu'au fond de l'Alaska. Quelle sainte chose qu'un ménage : avoir en commun les pensées, les espoirs, les peines; être un en deux êtres. Je suis heureuse d'épouser Gaston.

» Comme il fait beau ce soir! Sur le quai de la gare, la lune estompe au loin des silhouettes de montagnes sur le ciel étoilé, pareil à un grand voile de velours bleu piqué de clous d'or.

» Fonteneille et Norris m'amusent. Ils sont sans cesse en contradiction. Ils représentent deux mondes. L'un a le sens et l'orgueil du passé, l'autre est moins gêné dans ses raisonnements par la routine, les habitudes prises. Ils ont un trait commun, ils sont joueurs tous deux. C'est par l'amour du jeu et du hasard que les Français seraient dignes d'être des Américains.

» Ce matin à déjeuner, ils ont parié.

» Fonteneille a dit :

» — Le Texas est trois fois plus grand que l'Espagne.

» Norris a contredit.

» — Oh ! non.

» — Je parie. Combien de fois plus grand, croyez-vous?

» — Je ne sais pas. Je parie seulement le contraire de ce que vous avancez.

» J'aime cette sorte de fidélité à sa propre pensée. Il faut tenir à ce qu'on croit, sinon on ne tiendrait à rien.

» Notre locomotive est ornée à l'avant d'une large ramure d'elque. Cette relique me fait plaisir à présent. Elle me rappelle notre séjour si pénible dans les montagnes peuplées d'elques et de mouflons. Aujourd'hui, je me réjouis que nous ayons rencontré tant de difficultés, puisque nous en sommes sortis. D'un voyage terne, on rapporte des souvenirs qui le sont plus encore.

» Kansas City. — Mahawk et Médora sont arrêtés mélancoliquement devant un magasin de tabac. L'enseigne est une statue de bois peint, grandeur nature. Elle représente un sachem Peau-Rouge qui fume le calumet. Bientôt, tous les Indiens seront ainsi, des effigies de bois.

» Gaston a bon cœur. Pour consoler Mahawk, il lui a acheté une plaque de tabac mélangé de réglisse, pour mâcher. Mahawk est consolé.

» A Washington, j'ai failli me fâcher avec mon futur beau-frère. Il a des étonnements qui m'étonnent et que je ne puis partager. Pourquoi rit-il si des nègres en habit et en cravate blanche prêchent et chantent des cantiques sous les arbres des avenues? Leur harmonium est sur une voiture traînée par un âne, et chargée aussi de quelques musiciens qui soufflent dans des cuivres à la gloire du Seigneur. Ce Parisien n'a donc jamais rien vu, pour ne pas savoir que c'est la Central Union Mission? Leur bannière est pourtant assez visible : With Christ in the World! Pour le faire enrager, j'ai pris un des papiers qu'on distribuait et j'ai chanté aussi avec la foule. Il n'y a rien de beau comme ces chants en plein air, accompagnés par le grondement souterrain des câbles du tramway. Quelle simplicité et quelle grandeur dans cet hommage au Créateur!

» A de certains moments, je sens et je note de profondes différences entre Gaston et moi, des

différences de race. Il est Latin, je suis Saxonne.
Nous pensons différemment sur certaines choses.
Cela sera bien. Il est fade et monotone de penser
toujours de même. La contradiction est l'âme des
conversations. Nous aurons de quoi discuter sur
beaucoup de points. Il remarque des détails qui ne
me semblent pas remarquables, tant ils sont
naturels. A la Maison-Blanche, qui est la résidence
de notre Président, il cherchait où étaient les
sentinelles en faction. Cela est bon pour l'Europe.
Ici, notre Président est gardé par son peuple. Il ne
faut pas plus de soldats qu'il ne faut de grilles
autour des propriétés privées. Chacun se garde.

» Je suis heureuse que notre Guerre de l'Indépendance ait créé des liens communs entre les
Français et nous. Nous avons pareillement le goût
de l'indépendance, de l'affranchissement, la haine
de l'oppression. Nous avons souvent salué ensemble
les statues de Lafayette. Ici, je l'ai vu frémir
d'enthousiasme devant la statue de Jackson, fondue
avec les canons qu'il a pris; ceux qui n'ont pas
servi à la fonte entourent le piédestal. Je ne suis
pas de son avis quand il trouve ridicule d'avoir
planté un paratonnerre dans la tête de la haute
statue de Washington. Une précaution n'est jamais
ridicule. Je ne vois pas ce qu'il y a là d'inesthétique.
Mais en art, nous différons fort. Du Capitole, il
n'admire que la façade et la coupole. Je suis
surprise de ses sévérités injustes pour la décoration

intérieure, les mosaïques, les moulures, les dorures, les tableaux qu'il a osé trouver médiocres, quand ce sont des représentations des faits glorieux de notre histoire, la bataille du lac Erié, le rappel de Christophe Colomb, ou de nos beautés naturelles, des paysages du Colorado. Il trouve tout mauvais. Il appelle ingratitude la parcimonie des hommages à Améric Vespuce, qui n'a ici qu'un petit portrait. Un portrait au Capitole! N'est-ce donc rien! Il sourit devant des choses respectables, comme la salle du Sénat, qui lui apparut écrasée, ou admirables comme le plus long Corridor du Monde, ou bien encore le Hall de l'Echo, où l'on perçoit à un bout ce qui se dit à voix basse à l'autre extrémité. N'est-ce point un chef-d'œuvre de difficulté architecturale? Il s'est mis à un pilier, moi j'étais devant le pilier opposé, loin de lui, et il a parlé. J'ai entendu tout ce qu'il m'a dit. C'étaient des choses délicieuses et tendres que j'eus grand plaisir à écouter. Il m'a demandé de répondre. J'ai répondu à voix basse : Moi aussi! Et nous avons été réconciliés. N'est-ce point un écho merveilleux? André et Elsy en ont aussi fait l'épreuve, et Elsy a bien ri de ce que son partenaire lui a dit. Ils ont paru aussi très enchantés. C'est un charmant écho, et Gaston ne doit pas en rire, ni le trouver déplacé dans la Salle du Congrès. Il n'y a pas de cadre trop imposant pour ces graves aveux des cœurs.

» Dans quelques heures je serai rentrée à la maison après un an d'absence. J'éprouve un sentiment confus mêlé de joie et de regret. Oui, de regret pour cette vie large et belle des montagnes sauvages, parmi les splendeurs de la nature et les périls que dressent les hommes et les choses. Comme on est loin, et comme on est bien dans ces régions retirées qui ne connaissent ni les mesquineries, ni les hypocrisies de la vie sociale! A présent que nous sommes en sécurité, je n'ai plus qu'un souvenir attendri pour ces aventures qui décuplent les forces et la valeur de l'âme. Et c'est fini! Combien de fois je les revivrai par le rêve! Aurai-je dans mon existence des joies comparables à celles de ces quelques mois? Mon existence! elle se présente pourtant à moi sous les plus riantes couleurs pour l'avenir : mon père honoré, une mère heureuse, ma sœur mariée à un homme charmant, et ma destinée unie à Gaston que j'ai appris à apprécier davantage, loin du monde, pour sa droiture, son courage, son savoir, sa bonté. Je crois que nous ferons un ménage délicieux, car j'estimerai mon mari, et il faut estimer ceux qu'on aime. Voilà mes joies; le reste ne m'importe guère. Mes amies? pourquoi suis-je si peu empressée à les revoir? Est-ce qu'elles représentent pour moi la vie factice à laquelle je tiens si peu, les bals, le théâtre, ces réunions où on cherche surtout à employer des loisirs trop lourds et à rencontrer des amitiés nouvelles? Je n'aurai plus de loisirs ni de temps à perdre, puisque j'aimerai mon mari, et je n'aurai que faire de l'amitié, puisque j'aurai l'amour. Peut-être plus tard... non pour le présent, c'est une nouvelle vie à prendre, des habitudes nouvelles à accepter, il me semble que je quitte ma vraie patrie pour rentrer dans un lieu neuf et moins attrayant, où je serai longtemps dépaysée. Où retrouverai-je ces émotions violentes, ces sensations rares, ces admirations vibrantes devant des splendeurs qui les méritent? La société n'aura rien de tel à m'offrir. Puisse le mariage m'en accorder l'équivalent... »

XXI

Le Parc National

XXI

Le Parc National

Ce fut une séance solennelle, celle où la *Geolo-gical Academy* de Philadelphie fêta le retour du Dr. Everts et de ses compagnons.

Comme l'année d'avant, toutes les fenêtres du building à dix-sept étages étaient éclairées, pareilles aux hublots d'un steamer dans la nuit. La même foule houleuse faisait le même excitement, avec une curiosité qu'avaient déchaînée les articles sensationnels et les photographies des journaux et des magazines. On allait donc voir un homme qui avait visité et décrit les merveilles du pays féerique !

Dans le hall, les six ascenseurs n'arrêtaient pas et montaient des sténographes, des académiciens, des télégraphistes, des habitués ; les mêmes nègres balançaient au bout de leurs bras leurs petits balais en vetyver; les négrillons en court dolman à boutons de cuivre passaient des plateaux de cigarettes et de sodas; les ventilateurs ronflaient dans les angles des voussures. Le roof garden était vide. Tout le monde était déjà dans la Salle des Séances, on entourait Everts et Hayden et Norris, pressés de questions.

Le gong annonça l'ouverture et, au milieu d'un silence impressionnant, le président Harrisson prononça un discours par lequel il saluait les héros qui avaient enrichi d'un trésor inconnu la science et la libre Amérique.

Il fut accueilli par des hourras frénétiques dont la fièvre gagna la foule massée au dehors, comme si des effluves eussent traversé les murs et galvanisé l'air.

Quand le silence fut rétabli, Everts monta à la tribune et, dans une brillante exposition, conta le résumé de son voyage. L'émotion, l'orgueil, la joie fière étreignaient tous ces hommes à ce récit qui dotait leur patrie d'une Merveille *unic in the World!*

L'enthousiasme fut du délire. On avait ajourné à cette séance l'élection pour le renouvellement du président, et Everts fut acclamé.

Il fut décidé qu'une importante délégation l'accompagnerait auprès du président de la République des Etats-Unis, et devant le Congrès qui allait se réunir expressément pour voter un bill dont la teneur fut lue par Hayden, auteur du projet.

— Lisez! criaient les mille voix.

Hayden monta à la tribune pour faire ressortir,

non plus l'intérêt de l'expédition, mais ses consé-
quences les plus immédiates. Il montra le danger
de laisser les particuliers s'emparer de cette vaste et
précieuse province. N'allait-on pas voir, dès le prin-
temps, des légions d'industriels s'abattre sur les rives
de la Yellowstone pour ramasser tout ce trésor de
rares spécimens minéralogiques, pour étiqueter les
sites, mettre un tourniquet et une cloison devant
chaque geyser et faire payer un droit à la porte de
chaque scénerie? Certes, pour des *managers*, il y
avait là des fortunes à faire. Que n'eût-on pas payé
pour assister à une éruption de *La Géante* ou à celle
de l'*Excelsior*, qui part toutes les six semaines et
éventre le pays?

Pouvait-on admettre que des marchands viendraient briser et emporter pour les vendre, à tout le
monde savant, les spécimens incroyables des dépôts,
des constructions, des stratifications qui ont coûté
des milliers d'années à la nature?

Laisserait-on souiller ce décor vierge et imposant
par l'établissement de cabanes, de guinguettes, qui
attireraient des vandales, capables de dépouiller les
bois et d'exterminer le gibier?

La conclusion du rapport était originale. Elle
demandait que cette région fût réservée et déclarée
propriété nationale; ce serait un morceau d'Amérique telle qu'elle était avant l'arrivée de Christophe
Colomb, une province inutile et de luxe, un musée
de la nature, une terre inexploitée, livrée à la jouissance du peuple américain, un *parc national* de dix

mille kilomètres carrés. Il serait défendu d'y habiter, d'y acheter du terrain, d'y chasser, d'y bâtir, d'emporter des souvenirs, de modifier en quoi que ce fût la disposition naturelle des lieux, de déranger les arbres tombés, de toucher aux formations et aux dépôts ; on ne pourrait entrer armé sur ce territoire qui serait nettoyé des quelques Indiens et protégé par une ceinture de forts. Ce serait la sauvagerie garantie et patentée par l'Etat, la barbarie officiellement protégée, ce serait l'entretien de l'inculte et le culte de la nature inaliénable et inexploitable.

Des protestations se produisirent. Imaginait-on en Amérique, dans ce pays utilitaire et pratique, d'aller perdre, par pur amour de l'art, le bénéfice de dix mille kilomètres carrés d'un terrain qui valait son pesant d'or? La vente de ces précieuses et inestimables formations ne produirait-elle d'appréciables bénéfices et allait-on laisser dormir, par pur dilettantisme, une si riche affaire?

Everts et Hayden répondirent au nom de la science et de la patrie. Quel profit beaucoup plus considérable résulterait pour l'Amérique de la possession unique au monde — ce mot magique est là-bas un talisman — de ce musée naturel et incomparable! De tous les points de la terre, les touristes allaient affluer, apportant leur or au commerce national, aux chemins de fer, aux hôteliers, aux boutiquiers. Quelle gloire de pouvoir montrer ce qu'aucun autre continent ne saurait offrir! quel honneur qu'un tel record!

— Et les mines d'or? criait-on.

— Elles sont, assura Everts, en dehors des limites du territoire que nous demandons, vers Anaconda, Bozeman, Butte : vous ne les perdrez point.

— Ajoutez, compléta Hayden, que la région dont nous réclamons la « réservation » est impropre à l'élevage, les prairies étant rongées par la lèpre de la geyserite, impropre à la culture par son caractère intimement volcanique ; vous n'en tirerez profit qu'en vendant les spécimens minéralogiques, les forêts d'agate, les formations siliceuses, travail naturel que des siècles ont amené à ce point de perfection : quand vous aurez tout vendu, vous aurez tué la poule aux œufs d'or.

Avec une ténacité de savants amoureux de leur thèse, Everts et Hayden firent prévaloir leur avis, et l'*Academy* vota un projet de loi à soumettre au Congrès. Le bill fut ainsi libellé :

« La portion des territoires du Montana et du Wyoming située près des sources de la rivière Yellowstone et décrite ci-après est *réservée* et ne pourra être colonisée, occupée ou vendue par l'Etat à des particuliers. Cette région est limitée par une ligne commençant à la jonction des rivières Gardiner et Yellowstone, se prolongeant à l'Est jusqu'au méridien passant à dix milles à l'Est du point le plus oriental du lac Yellowstone, se dirigeant ensuite vers le Sud en longeant ledit méridien jusqu'au parallèle de latitude passant à dix milles au Sud du point

le plus méridional du lac Yellowstone; longeant
ensuite à l'Ouest ledit parallèle jusqu'au méridien
passant à quinze milles à l'Ouest du point le plus
occidental du lac Madison; longeant ensuite au Nord
ledit méridien jusqu'à la latitude de la jonction des
rivières Yellowstone et Gardiner, se dirigeant enfin
à l'Est jusqu'au point de départ.

    » Ce territoire est érigé en Parc public, en jardin
d'agrément pour l'avantage et la jouissance du
peuple. Quiconque s'y établira ou occupera une
partie du territoire ainsi érigé en Parc public, sauf
dans les cas prévus ci-après, sera considéré comme
contrevenant et sera expulsé.

    » Ce Parc public sera placé sous les contrôles
exclusifs du Secrétaire de l'Intérieur qui devra,
aussitôt que les circonstances le permettront, rédiger
et publier les règlements qu'il pourra juger nécessaires pour la direction et l'entretien du Parc.

    » Ces règlements auront pour but de préserver
de tous dommages ou spoliations et de conserver dans
leur état naturel les forêts, les dépôts minéraux, les
curiosités naturelles et les merveilles que renferme
le Parc.

    » Le Secrétaire pourra louer à bail des parcelles
de terrain dans les endroits où la construction d'hô-
telleries pourra être utile aux visiteurs. Le produit
de ces baux et tous les autres revenus éventuels
seront affectés sous sa direction à l'administration
et à l'entretien du Parc et à la construction de quelques routes pour en faciliter la visite.

» Il prendra des mesures contre la destruction du poisson et du gibier. Il fera expulser tout contrevenant et aura recours, si besoin est, à la force armée pour assurer l'exécution et la sanction de cet acte. »

Le projet fut acclamé. Sa rédaction marque bien le caractère de cette affaire, avec le vague de ses expressions dans la définition des limites, comme s'il s'agissait des sources du Nil qui n'étaient, en effet, pas moins inconnues; avec aussi cette humoristique désignation de *Parc* ou *Jardin* s'appliquant à un territoire de dix mille kilomètres carrés. Cette exubérance plaît aux Américains, qui aiment à appliquer des proportions colossales à des termes dont l'usage est ordinairement réservé à des objets moindres. Ils voient tout en grand.

L'*Academy* décida qu'un des meilleurs peintres irait faire au Grand Cañon de la Yellowstone un vaste tableau, qui reproduirait cette merveille de coloris naturel, et qui serait offert au Capitole de Washington pour enrichir sa galerie des belles œuvres nationales. On y voit, en effet, cette toile aujourd'hui.

Comme tout ce qui rappelle quelque chose prend une valeur pour un peuple jeune dont la mémoire et les mémoires ne remontent pas très haut, on déposa au musée le verre de montre avec lequel Everts abandonné put allumer du bois sec, la couverture qui fut retrouvée sur son cheval échappé et un biscaïen des mitrailleuses du fort Ellis.

Une nuée de journalistes assaillit les portes des voyageurs, et l'Amérique se délecta longtemps de leurs interviews. Annie et Elsy furent les héroïnes du jour et le récit du siège qu'elles soutinrent en fit des célébrités. Les magazines ne tarissaient pas d'informations touchantes sur la façon dont elles avaient rencontré et ramené des fiancés dans leur exploration hardie au point le plus périlleux des Rocky Mountains. Les portraits de toute la mission parurent aux devantures les plus diverses, et les noms des courageux pionniers baptisèrent des savons, des cigares, des machines, des pianos. Les Nez-Percés et les Pieds-Noirs furent à la mode, et défrayèrent pendant six mois les livrets de toutes les pantomimes et représentations des music halls.

Le *bill* a été voté par le Congrès en 1872. Des expéditions militaires ont déblayé les terrains et exterminé les tribus indiennes, dont les débris ont été repoussés sur un pauvre territoire, au Sud du Kansas. C'est là qu'habitent aujourd'hui les fils des Nez-Percés et des Pieds-Noirs, vêtus de toile, logés dans des maisonnettes de plâtras et de bois ; un instituteur s'ingénie à leur apprendre l'alphabet, auquel ces enfants bronzés ne comprennent rien.

Pendant les premières années, des spéculateurs peu scrupuleux ont envahi et dépouillé le Parc National de quelques-unes de ses richesses, profitant de la surveillance encore rudimentaire. De gros

arbres pétrifiés ont été enlevés, travaillés, polis et
ornent à présent les halls de riches maisons de la
5ᵉ Avenue. Mais le Parc est si riche que ces premiers
larcins ne s'aperçoivent pas. Le gros gibier a été
décimé en même temps que les Indiens. Il y a trente
ans, les trains étaient arrêtés par des troupeaux de
buffles. A présent les buffles et les bisons sont si
rares que la loi les protège, les numérote et interdit
de les tuer.

Les singes et les écureuils se partagent les arbres
avec de jolis petits ours bruns; des elques, des élans,
des mouflons élèvent au-dessus des buissons leurs
belles ramures.

Si le Parc National a été créé pour le peuple, ce
sont surtout les classes aisées qui en peuvent profiter, car le voyage est long et assez coûteux. Il y
a deux moyens usités pour cette visite. Le premier
est banal : chemin de fer, puis char-à-bancs, Concord Coach, pour une fournée de touristes groupés
que l'entrepreneur voiture d'un hôtel à l'autre, avec
des arrêts déterminés devant chaque curiosité, en
six jours. On quitte un hôtel le matin pour en trouver
un autre le soir : entre les deux, on ne rencontre âme
qui vive. Dans le hall de l'hôtel est affichée la liste
des curiosités avoisinantes et les heures d'éruption
des principaux geysers, qui mettent dans leur exac-
titude une politesse royale.

Un autre mode de voyage est plus pittoresque et
très en vogue; c'est le *Camping*. On trouve à Livingston, en quittant le train, des roulottes qui contien-

nent tout l'attirail nécessaire pour le campement de plusieurs personnes : tentes, lits pliants, accessoires de cuisine.

On croise ainsi, dans les solitudes du Park, des Américains qui jouent aux sauvages et qui passent trois ou quatre semaines à la belle étoile, traînant d'une place à l'autre leur carapace de chemineaux. On dirait des Bohémiens, des rétameurs, arrêtés au coin de la clairière. Ce sont des gentlemen et leur famille qui font une cure de sauvagerie et d'air pur, dans les effluves assainis des feuillages et des sources thermales.

La cuisine se fait en plein air et avec tant de négligence que l'administration a dû faire placarder des écriteaux : « Eteignez vos feux avant de partir. » Ces cuisiniers ambulants incendiaient les forêts.

C'est une impression étrange d'errer au milieu des sites les plus rares, les plus lointains, les plus horribles, les moins accessibles, les plus solitaires et d'y retrouver partout les marques d'une administration exigente et attentive, dans les multiples écriteaux qui vous avertissent que le terrain est mou, que le bassin est bouillant, qu'il ne faut pas marcher sur les formations, que tel geyser porte tel nom et éructe à telle heure, qu'il convient d'éteindre ses allumettes en les jetant, bref, toutes les recommandations que pourrait rédiger et afficher le directeur du Musée du Louvre ou celui du British Museum. Si on ne vous force pas, à l'entrée, de déposer vos cannes et parapluies, du moins vous prend-t-on, pour les garder au vestiaire, vos revolvers et fusils, afin de ménager le gibier qui reste.

Le colossal Park a été aménagé pour de commodes visites. Les geysers sont étiquetés avec leur nom et la durée de l'intervalle entre les éruptions : *65-70 minutes — Several times a week — 8-12 days — rather uncertain — every 8 hours — very frequent — daily — irregular.*

Des piquets hérissent la plaine et portent des pancartes de fer avec les noms : *Hurricane — Monarch — Minute Man — Emerald Pool — Turquoise Spring — Prismatic — Clepsydra — Old Faithful — Bee Hive — Giantess — Lion — Cubs — Surprise — Turban — Artémisia — Grotto — Oblong — Castle — Economic — Daisy — Spong — Morning Glory —* noms pittoresques faits d'admiration et d'humour, de sympathie et de malice, poétiques, comme ceux qui évoquent les jolies teintes des pierres précieuses ou la gloire du matin, familiers comme l'appellation amie : Le « Vieux Fidèle », narquois comme le sobriquet « d'Economique », donné à ce petit geyser qui se soulève toutes les six minutes à cinquante centimètres seulement du niveau de son bassin.

Les explorations qui suivirent le voyage de la mission Everts furent armées et irrésistibles. En deux ans, le pays était abordable ; dans la suite, il fut organisé dans l'esprit indiqué par le *bill.*

Langford, Doane, Dunraven, Holmès, le Belge Jules Leclercq, le Français de Lapparent, ont

apporté depuis de précieuses contributions aux études
et rapports de Hayden, Everts et Norris : c'est un
vaste champ d'études géographiques, géologiques,
astronomiques, minéralogiques, botaniques, zoolo-
giques qui est loin d'être épuisé. La carte porte
encore bien des rivières en pointillé. L'enquête reste
ouverte sur quelques points.

Everts fut entouré d'honneurs ; Hayden et Norris
retournèrent là-bas pour guider les premières
colonnes d'organisation. Norris fut nommé conser-
vateur du Park et fit dessiner les premières routes.
Il éprouva de graves difficultés pour entamer le roc
d'obsidienne et y tracer un chemin convenable. C'est
lui qui imagina le moyen qui prévalut : il fit allumer
de grands feux qui chauffèrent à blanc ces matières
vitrifiées, puis il dirigea des jets d'eau froide sur ces
murailles chaudes qui éclatèrent. Il égalisa les brisures et la route actuelle — une route de verre —
est sillonnée par les concord coach. Hayden écrivit
d'excellents mémoires devenus classiques sur la
question.

Les mariages de Gaston et d'Annie, d'André et
d'Elsy furent une occasion nouvelle de belles manifestations dans la Cité de Penn. Quant à Mahawk
et à Médora ils sont mariés aussi : vous les verrez,
si vous allez à Niagara Falls ; ils tiennent, au centre
de la ville, un *Indian Store* très achalandé où tous
les touristes se fournissent de souvenirs, minéraux,
cornes de moufflons et de buffles, fourrures d'ours
grizzly, cuirs ornés de verroterie. Ils ont deux enfants

qui suivent les cours de l'école primaire installée près de là, dans la Réserve Indienne, où les Indiens en veston râpé (ils n'arborent l'échine de plumes que le dimanche quand leur fanfare joue en costume pawnie sur la grande place, car Chactas a appris à souffler dans le petit bugle!) font des travaux de cordonnerie et de cuirs décorés de perles.

J'ai vu ces deux petits Nez-Percés : on ne leur a pas mis l'anneau au nez; ils étaient vêtus à l'européenne; ils avaient quinze ans et ânonnaient péniblement leur alphabet dans la grande classe toute claire de verrières. L'instituteur, un gros garçon de Newark, voulut les faire briller et leur dit que j'étais de Paris.

— Paris! vous savez! je vous ai appris. Qu'est-ce que Paris?

Les élèves abrutis, ignorants ou indifférents ne répondaient pas, leurs gros yeux interrogèrent curieusement le ciel.

— C'est la capitale de? continuait d'interroger le maître.

Même silence.

— La France! vous savez la France! Où est-ce? Ils n'en avaient aucune idée.

— Ils sont intimidés, s'excusa le professeur. Il les renvoya à leur place, qu'ils regagnèrent avec l'air de la plus parfaite indifférence pour ce qui se passait autour d'eux.

Et je demeurai un peu triste, en pensant que la civilisation avait de ces effets et faisait dévier les destinées, et que si le peuple des Nez-Percés eût eu moins d'infortune, ces deux jeunes gens seraient à présent chefs de tribus, avec une hutte dans l'île des Pélicans et une armée campée sur les rives fumantes de la rivière Yellowstone.

Seule Médora paraît heureuse de son sort, elle a des chapeaux chargés de grosses fleurs, pique des œillets à son corsage, reçoit avec une amabilité sans apprêt les touristes de passage et leur sourit joliment de ses belles dents blanches. Les femmes ont plus que l'homme le don de s'assimiler les manières et les élégances des milieux où le sort les conduit.

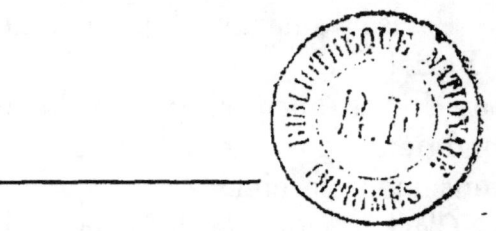

TABLE DES MATIÈRES

Imprimerie Oberthur, Rennes-Paris

www.ingramcontent.com/pod-product-compliance
Lightning Source LLC
Chambersburg PA
CBHW071900020726
47502CB00003B/826